Neuf mois plus tard

MELANIE MILBURNE

Neuf mois plus tard

Traduction française de
FRÉDÉRIQUE LALLEMENT

AZUR
HARLEQUIN

Collection : Azur

Titre original :
NINE MONTHS AFTER THAT NIGHT

HARPERCOLLINS FRANCE
83-85, boulevard Vincent-Auriol, 75646 PARIS CEDEX 13
Service Lectrices — Tél. : 01 45 82 47 47 - www.harlequin.fr
ISBN 978-2-2804-9353-6 — ISSN 0993-4448

Composé et édité par HarperCollins France.
Imprimé en septembre 2023 par CPI Black Print (Barcelone)
en utilisant 100% d'électricité renouvelable.
Dépôt légal : octobre 2023.

FSC www.fsc.org MIXTE Papier issu de sources responsables FSC® C159065

Pour limiter l'empreinte environnementale de ses livres, HarperCollins France s'engage à n'utiliser que du papier fabriqué à partir de bois provenant de forêts gérées durablement et de manière responsable.

1

Allongée sur un lit roulant d'hôpital, Harper était dans un état de panique indescriptible. Son mal de dos apparu trois jours auparavant avait empiré et avait gagné désormais son abdomen qui était dur et tendu. Des spasmes le tordirent en cet instant, si fort que cela lui coupa la respiration quelques secondes.

S'agissait-il d'un cas sévère d'endométriose ? Ou... d'un cancer ? Non, pas ça ! Elle ne pouvait pas mourir à vingt-sept ans quand tant de travail l'attendait. En plus des mariages organisés par son agence, elle avait été choisie parmi de jeunes photographes émergents pour contribuer à un livre. Pour cela, elle devait se rendre à Paris six semaines plus tard. Ce n'était pas le moment de succomber à une maladie sérieuse !

Perplexe devant les symptômes, le jeune médecin qui l'avait examinée à son arrivée lui avait fait une prise de sang et avait envoyé les flacons au laboratoire. À présent, elle attendait le médecin chef des urgences qui devait lui apporter les résultats.

La douleur diminua petit à petit, comme une marée se retirant. Harper expira profondément et s'abandonna contre l'oreiller en se préparant pour la suivante car, depuis deux heures, les espaces entre les spasmes se faisaient de plus en plus courts. Fermant les yeux, elle essaya de répéter mentalement un mantra. Hélas, la méditation n'était pas son fort. Son unique visite dans un centre de bien-être l'en avait convaincue. Pendant que les participants psalmodiaient, nettoyaient leurs chakras et les rééquilibraient, elle se préoccupait des crampes dans ses hanches, genoux et autres parties du corps. De toute manière, son esprit était toujours agité. Cela devait venir de sa jeunesse. Passer de foyers en familles d'accueil l'avait rendue vigilante à l'extrême. Le moindre son l'alertait.

Les urgences étaient bondées en ce samedi soir. Harper entendit une toux caverneuse sortant d'un box voisin, qui n'augurait rien de bon. Un peu plus loin, un homme réclamait de la morphine. Vu l'intensité de ses cris, il devait souffrir le martyre. Comme elle. Les femmes de la lignée Swan n'étaient peut-être pas destinées à dépasser la trentaine. Sa mère et sa grand-mère étaient toutes les deux mortes très jeunes.

Une nouvelle douleur lui comprima l'abdomen comme un étau d'acier. La sueur perla sur son front. Harper serra les mâchoires tellement fort qu'elle craignit de se casser les molaires. Mais quelle importance de perdre ses dents si elle devait décéder ?

Je ne veux pas mourir ! hurla une petite voix dans sa tête.

À cet instant, une femme tira le rideau du box dans lequel se trouvait Harper, le « Dr Praneesh, médecin chef », d'après son badge. Elle lui posa une main sur le poignet.

— Votre partenaire est dans la salle d'attente ?

— Je n'ai pas de partenaire.

— D'accord. Un parent proche, dans ce cas. Votre mère, par exemple ?

— Ma mère est morte quand j'avais huit ans.

Harper dit cela sans émotion. Au fil des ans, elle avait appris à dissimuler ses sentiments sous un masque d'indifférence, à bloquer la vision de sa mère, allongée sans vie sur le sol de leur petit meublé, telle qu'elle l'avait trouvée en rentrant en retard de l'école. Si elle n'avait pas joué avec un chaton en cours de route...

— Un frère ou une sœur, alors ?

— Je suis fille unique.

Ce qui n'était pas rigoureusement vrai. Elle avait des demi-frères et demi-sœurs, mais ne les avait jamais rencontrés, car son père avait refusé de révéler son sale petit secret - *elle*, son enfant de l'amour caché - à sa femme et sa famille. « Enfant de l'amour » était toutefois exagéré dans la mesure où il n'avait jamais aimé sa mère, l'avait utilisée pour tromper son ennui conjugal, puis abandonnée après avoir appris qu'elle était enceinte.

— Mademoiselle Swan, dit alors la praticienne, vous...

Son ton doux semblant destiné à la préparer à recevoir une nouvelle fatale, elle l'interrompit :

— C'est bon, docteur Praneesh, vous pouvez être franche. Mon ventre est trop tendu pour que ce soit normal. C'est un cancer, n'est-ce pas ?

— Non. Cette grosseur a une tout autre origine. Vous êtes enceinte.

Harper la fixa une seconde, bouche bée. C'était forcément une erreur. Une grossesse se voyait, même sur une personne aussi enrobée qu'elle.

— Non, je ne peux pas être enceinte.

— À quand remonte votre dernier rapport ?

— Eh bien... plusieurs mois.

— Neuf, peut-être ?

Son rapide calcul mental confirma ce point tandis que

son moral plongeait en chute libre. Neuf mois depuis son unique nuit avec Jack Livingstone. Comment le lui annoncer ? Attendre un enfant, et pire celui de ce play-boy, était un véritable cauchemar. Elle n'avait aucun instinct maternel, avait une carrière en pleine ascension et n'avait pas tenu un bébé dans ses bras depuis une éternité.

— Oui mais, depuis, mon cycle a été normal tous les mois.

Comme une nouvelle douleur montait, elle baissa les yeux sur son ventre à peine arrondi, puis agrippa la main du docteur Praneesh.

— Oh ! mon Dieu, ça recommence.

— Vous êtes en train d'accoucher, Harper. Vous semblez avoir eu une grossesse cryptique. Ce n'est pas très rare, un cas sur deux à trois mille, environ. Ça se traduit par un cycle parfois régulier et aucun symptôme ou, du moins, aucun de notable, surtout si le placenta se place à l'avant de l'abdomen, car cela atténue les mouvements du fœtus. Je vais vous examiner pour voir l'avancée du travail.

— Vous voulez dire que le bébé est en train d'arriver, là, maintenant ?

— Vos contractions sont à dix minutes d'intervalle, donc ça ne va pas tarder. D'après votre dossier, le travail a commencé il y a trois jours. Je vais vous faire une échographie pour vérifier le développement du bébé, et identifier son sexe si vous le désirez. Ensuite, je procéderai à un examen interne. Voulez-vous appeler une amie ou le père ?

Harper déglutit. Ses deux meilleures amies et associées n'étaient pas en ville. Ruby, qui venait de se fiancer à Lucas Rothwell, était partie avec lui passer le week-end dans le Lake District. Et Aerin fêtait en famille le trente-sixième anniversaire de mariage de ses parents dans le Buckinghamshire. Quant à Jack Livingstone, il devait être au lit avec sa dernière maîtresse dans un de ses hôtels chics.

En attendant, coureur de jupons ou pas, il était le père de son enfant et devait donc se voir offrir la possibilité d'assister à la naissance, sans parler de celle de faire partie de sa vie.

Comme le père de Harper, il pouvait refuser.

Tard le samedi soir, bien installé dans la suite *penthouse* de son hôtel londonien, Jack examinait un rapport de gestion lorsque son mobile vibra. Un lent sourire fleurit sur ses lèvres à la vue du nom affiché à l'écran. Harper Swan s'était ainsi enfin résolue à le revoir et à récupérer la boucle d'oreille qu'il possédait encore...

— Bonsoir, Harper.

Il l'entendit respirer comme avec difficulté à l'autre bout de la ligne.

— Bonsoir, Jack. Je ne sais pas comment t'annoncer cela... En fait, je suis à l'hôpital et...

Il se redressa brusquement dans son fauteuil, en proie à une étrange émotion.

— Tout va bien ? Tu as eu un accident ?

— En quelque sorte, répondit-elle avant de prendre une profonde inspiration. Me serait-il possible de te l'expliquer en personne ? Es-tu à Londres ?

Repoussant son siège, il saisit sa veste et ses clés de voiture.

— Oui. Dans quel hôpital es-tu ?

— Au Sister Agnes. Je suis encore aux urgences, mais on va me transférer sous peu.

— J'arrive dans dix minutes.

Jack prit alors, dans le tiroir de son bureau, la boucle d'oreille que Harper avait oubliée dans la chambre d'hôtel en partant après leur nuit ensemble. C'était enfin l'occasion de la lui rendre en main propre.

Le temps de descendre au garage et de monter dans son cabriolet, il avait les nerfs à fleur de peau. Avait-elle eu un simple accrochage ? Non, plus probablement un gros choc, voire une commotion cérébrale, pour désirer le voir alors qu'elle avait ignoré ses appels pendant des mois. Bien que déçu, il ne s'était pas laissé atteindre.

Jack n'était pas du style à se cramponner à une femme. Il aurait pourtant aimé poursuivre leur relation, mais Harper n'était visiblement pas intéressée et ne s'était même pas souciée de récupérer sa boucle d'oreille. Bien sûr, la lui envoyer par la poste ou la déposer à son agence aurait été possible. Sans trop savoir pourquoi, il l'avait gardée et, chaque fois qu'il la regardait, il repensait à leur nuit ensemble. Une nuit stupéfiante dont le souvenir lui donnait encore des frissons.

Jack ne savait pas non plus pourquoi il n'avait pas pris de maîtresse depuis. Un si long célibat ne lui ressemblait pas. En fait, le temps était passé très vite. D'abord, la recherche de nouvelles propriétés à développer dans le Yorkshire. Ensuite, les négociations pour le rachat de Rothwell Park, et l'établissement des plans d'aménagement l'avaient occupé. Transformer cet antique domaine en hôtel-boutique était un rêve mûri de longue date ; or, il s'était enfin réalisé.

En fait, Jack avait trouvé quasi impossible de ne pas penser à Harper. Peut-être parce qu'elle était partie en catimini le lendemain matin et n'avait jamais répondu à ses messages ? Se voir aussi ostensiblement ignoré lui avait donné envie de regagner les faveurs de la jeune femme. Ce but non atteint, Jack en conservait un goût d'échec dérangeant. Ce n'était pas la question de remporter une victoire nécessaire à son ego, mais quelque chose en Harper le touchait sans qu'il puisse discerner quoi. Cela ne lui était jamais arrivé auparavant.

Dès son entrée aux urgences, une infirmière le conduisit jusqu'au box où se trouvait Harper.

— La voilà. Un aide-soignant va venir la chercher. Il ne devrait pas tarder.

Elle était allongée sur un lit roulant. Ses traits tirés témoignaient de sa souffrance. Son front brillait de sueur. Son visage était livide, et elle serrait une balle antistress si fort que le plastique ressortait entre ses doigts. À la vue de Jack, une légère couleur envahit les joues de Harper.

— Oh ! tu es là, Jack. Je suis terriblement désolée.

Sa voix était réduite à un murmure rauque, et ses yeux gris-vert semblaient vouloir éviter ceux de Jack.

Il lui prit la main.

— Eh bien, que t'est-il arrivé ?

— Je ne sais pas comment te dire cela. J'ai cru avoir un simple mal de dos. Je n'avais absolument aucune idée. Ni, surtout, aucun signe.

— Des signes de quoi ?

— J'ai cru à un cancer, tu imagines ? Je m'attendais à mourir.

Elle eut un petit rire d'autodérision, retira sa main, repoussa ses cheveux sur son front, puis se remit à parler à toute allure.

— Je me sens si stupide. Comment vais-je l'expliquer à Ruby et Aerin ? Et nous avons tellement de travail prévu pour les deux mois à venir, y compris le mariage de Ruby et Lucas. Je ne comprends pas comment pareille chose a bien pu m'arriver. J'ai l'impression de vivre un cauchemar.

Le rideau du box s'ouvrit alors, et l'infirmière réapparut.

— L'aide-soignant arrive. Il va vous conduire dans le service maternité.

À ces mots, Jack fit volte-face si rapidement qu'il faillit faire tomber le tensiomètre sur pied. Il le rattrapa d'une main tremblante.

— Comment ça, la maternité ?

Si son cœur ne se calmait pas très vite, c'était lui qui allait être admis en cardiologie.

— C'est ce que j'essayais de te dire.

— Me dire quoi, Harper ?

— J'attends un enfant.

Elle était enceinte ?

Tandis que la réalité de ces mots s'imprimait dans son esprit, une subite déception lui noua le ventre. Elle attendait le bébé d'un autre homme. Non pas qu'il ait envie de fonder une famille, mais tout de même. Elle était allée de l'avant, avait trouvé un partenaire qui l'avait mise enceinte. Sa grossesse ne semblait cependant pas très avancée, mais il n'était pas vraiment apte à en juger. On pouvait l'hospitaliser pour des nausées trop importantes avec risque de déshydratation. De toute manière, en quoi cette nouvelle le concernait ? Pourquoi Harper l'avait appelé, lui qu'elle avait quitté sans un au revoir ? Ils n'étaient même pas amis. Cela n'avait aucun sens. C'était au père de son bébé qu'elle aurait dû s'adresser.

— Êtes-vous l'heureux papa ? demanda l'infirmière avec un sourire.

— Non, je...

— Oui, déclara simultanément Harper. Il est le père.

Jack la regarda, sidéré. Que racontait-elle ? Il ne l'avait pas vue depuis des mois – neuf, en fait, il les avait comptés. Non, c'était impossible !

— Comment puis-je être le père ?

L'arrivée de l'aide-soignant ne laissa pas à Harper le temps de clarifier la situation.

— Bonjour, messieurs-dames, dit gaiement le jeune homme avant de débloquer le frein du lit. C'est votre premier bébé ?

— Oui. Oh...

Un petit cri coupa le souffle de Harper.

Jack se tourna vers l'infirmière en train de prendre le sac à main et le téléphone de sa patiente, posés sur la table de chevet.

— Pourriez-vous lui donner un antidouleur ?

— Non. Je veux une naissance naturelle.

Malgré sa connaissance très limitée de la grossesse et de la maternité, pour Jack, un accouchement naturel équivalait à une extrême douleur.

— Allons, Harper, dit-il tandis que l'aide-soignant poussait le lit vers l'ascenseur. Nous sommes au XXIe siècle, tu n'as nul besoin de souffrir inutilement.

— Sentir tout ce qui se passe est la seule manière pour moi d'accepter ce qui m'arrive.

— Tu as eu neuf mois pour t'y préparer.

Jack, en revanche, n'avait eu que dix minutes pour se faire à cette idée. C'était insuffisant. Sa tête se mit à tourner tandis que son pouls s'emballait sous l'effet d'une soudaine panique et d'un sentiment de totale impuissance. Pensées et questions se bousculaient dans son esprit. Il était sur le point de devenir père ; or il était trop attaché à sa liberté pour n'avoir jamais éprouvé le désir ardent d'avoir un enfant. Ils avaient utilisé des préservatifs, alors comment cela avait-il pu arriver ? Pourquoi Harper ne l'avait pas averti plus tôt ? Craignait-elle qu'il l'oblige à avorter ? Il n'aurait jamais fait ça.

En attendant, il allait bientôt intégrer le club des pères avec adhésion à vie !

— Je n'ai pas eu neuf mois pour m'y préparer, rétorqua Harper. J'ai appris que j'étais enceinte il y a seulement une heure.

Ayant remarqué l'air stupéfait de Jack, l'aide-soignant expliqua :

— Mademoiselle Swan a eu une grossesse cryptique. Les signes en sont inexistants ou peu visibles. C'est rare, mais ça arrive. Un jour, une mère, craignant une crise d'appendicite, a amené aux urgences sa fille adolescente qui avait d'intenses douleurs abdominales. Vous auriez dû voir sa tête en apprenant qu'elle allait être grand-mère.

Donc, ou bien Harper ne se savait pas enceinte ou elle avait été si déterminée à l'évincer de ses pensées que les changements subtils de son corps lui avaient échappé. Le déni était un outil mental apte à pousser des personnes rationnelles et sensées à ignorer des problèmes qu'elles ne souhaitaient pas affronter.

Jack, lui, les affrontait tous. Sur le point de devenir père, il voulait que son descendant porte son patronyme et bénéficie des avantages associés aux Livingstone. Pour cela, il devait réviser ses projets de vie et épouser la mère du bébé. Même si le mariage – une étape déjà monumentale pour un couple – était pure folie pour eux qui ne s'étaient vus que l'espace d'une nuit, c'était la seule manière d'élever leur enfant ensemble. Et de lui offrir la présence d'un père, chose qui lui avait été refusée dans sa propre jeunesse à cause de la maladie du sien. Car il avait bien l'intention de remplir son rôle ;

or, cela était impossible à distance. De plus, épouser Harper et procurer un environnement stable à leur bébé lui permettrait de prendre le contrôle de cette situation qui, jusque-là, lui avait totalement échappé.

Tandis que l'ascenseur montait vers l'étage « obstétrique-maternité », Jack sentit ses jambes s'amollir à la vue du visage de Harper tordu de douleur. Ses nouvelles contractions étaient si intenses qu'elle ne respirait plus que par à-coups. Il lui saisit une main. Elle la serra avec une force inouïe. Ce n'était visiblement pas le moment de faire sa demande en mariage. À la place, il la questionna :

— Tu es certaine de ne pas vouloir un antidouleur ?

— Si tu ne supportes pas de me voir souffrir, ne viens pas assister à la naissance. Personne ne t'y oblige.

— As-tu envie que j'y assiste ?

— Seulement si *toi*, tu en as envie.

— À vrai dire, je n'ai pas eu le temps d'y réfléchir, répondit-il, perplexe.

Pas plus qu'il n'avait réfléchi à un éventuel mariage ou à s'installer avec une femme. Mais l'enfant sur le point de naître remettait son avenir en cause.

— Eh bien, il serait temps de te décider, répliqua Harper au moment où les portes de l'ascenseur s'ouvraient, car j'ai l'impression que ce bébé va arriver très vite.

2

Comme l'aide-soignant poussait le lit dans la salle d'accouchement, Harper se prépara à voir Jack l'abandonner à la porte. À sa grande surprise, il n'en fit rien. De toute évidence, il était dépassé par les événements, mais elle aussi. Il était pâle, tendu, comme s'il s'apprêtait à vivre une expérience inédite.

La naissance de son enfant.

Leur enfant.

Elle-même avait du mal à se faire à l'idée d'être sur le point d'avoir un bébé. Un bébé qui avait grandi en secret dans son corps pendant près de neuf mois. Un bébé pour lequel elle n'avait rien de prêt. Ni vêtements, ni accessoires, ni chambre. Aucune préparation mentale ou sentimentale ni attente joyeuse.

Le refus de médication antidouleur était pour Harper la manière d'accepter la réalité de ce qui lui arrivait. Et de lui permettre de nouer un premier lien avec son nourrisson qui avait peut-être souffert de son manque d'émotions envers lui pendant la grossesse. La connexion mère-enfant était primordiale. Certains des camarades avec lesquels elle avait grandi en foyers d'accueil avaient été privés de cette chance. Ils en portaient les stigmates à jamais.

Elle, en revanche, savait que sa mère l'avait aimée. Hélas, après avoir rêvé de vivre heureuse en famille avec l'homme de sa vie, le voir leur refuser son aide financière et sentimentale avait fini par être trop dur à supporter. La déception et la difficulté d'élever son enfant seule l'avaient conduite au suicide.

Harper était bien décidée à ne pas reproduire ce schéma. Elle ferait tout ce qui serait en son pouvoir pour soutenir son bébé et l'entourerait d'amour quoi qu'il arrive.

Mon bébé.

Ce terme lui était si étranger qu'il semblait provenir d'une autre langue. Une langue qu'elle n'avait jamais prévu d'apprendre. Celle de la maternité. Discuter avec ses amies d'horaires de sommeil ou de tétées n'avait pas fait partie de ses projets. Pas plus que les multiples sacrifices ou les nuits blanches dont sa propre mère lui avait parlé. Encore moins l'interruption de sa carrière tant aimée.

Pourtant, tout cela semblait lui être destiné désormais. Ce n'était plus une question de choix. Restait à savoir si elle arriverait à être une bonne mère et à concilier sa profession et les soins à apporter à un enfant. Mais le plus immédiat était le problème de son lien avec ce bébé. Pendant neuf mois, elle n'avait jamais caressé son ventre en murmurant des mots doux à ce petit être en devenir. Et si cette absence de communication causait d'irréparables dommages ?

La panique lui fondit dessus en réalisant qu'elle n'avait même pas un prénom à lui donner. C'était important, il suivrait son enfant toute sa vie. Mais comment savoir s'il s'accorderait avec sa personnalité ? Elle en chercha un en vain – son esprit était trop encombré de questions et d'émotions – avant de s'adresser à Jack.

— Nous devons trouver un prénom.

— Là, maintenant ?

— Nous devons en avoir deux de prêts. Un pour un garçon et un pour une fille.

— Tu ignores le sexe de cet enfant ?

— Oui. Quand j'ai passé une échographie, en attendant ton arrivée, le médecin m'a demandé si je voulais savoir, mais j'ai préféré avoir la surprise.

Jack eut un petit rire ironique.

— N'avons-nous pas déjà eu assez de surprises ?

— Bien vu.

La porte s'ouvrit alors.

— Bonjour, messieurs-dames. Je m'appelle Meg et je suis votre sage-femme. C'est moi qui vais vous accompagner jusqu'à l'arrivée du bébé. À présent, madame, je dois vous examiner. Vous êtes d'accord ?

— Veux-tu que je sorte ? demanda aussitôt Jack.

À sa propre surprise, Harper refusa. L'idée d'être exposée et vulnérable aurait pu l'embarrasser, mais elle avait besoin du soutien de Jack. En outre, elle voulait qu'il soit présent pour accueillir leur bébé.

— Attendez un instant, dit-elle tandis que de nouvelles contractions lui coupaient le souffle.

Jack lui prit aussitôt la main avant de lui éponger le front avec une serviette que lui avait tendue la sage-femme.

La douleur passée, il resta aux côtés de Harper pendant l'examen.

— Vous êtes à dilatation complète, dit Meg après avoir rabattu le drap sur les jambes de Harper. Ce ne devrait plus être long, maintenant.

— Tant mieux, car ça devient de plus en plus intense.

— Ce n'est plus qu'une question de minutes. Je vous

laisse un instant, le temps de voir où en est mon autre patiente. Sonnez, si vous sentez un changement.

Harper acquiesça. Meg sortie, Jack se pencha vers elle.

— Tu es très courageuse. En quoi puis-je t'aider ?

— Nous devons trouver des prénoms.

— Ne vaudrait-il pas mieux attendre l'arrivée du bébé ?

— Non. Je n'ai rien préparé pour l'accueillir, la moindre des choses est de lui choisir un nom.

— D'accord. As-tu pensé à certains ?

— Pas vraiment. Je suis incapable de réfléchir depuis quelques heures – surtout en proie à de telles douleurs, mais elle se garda de le préciser. Et toi ?

Jack fronça les sourcils.

— Non, mais il faut qu'il s'accorde avec mon nom.

— Comment ça ?

— Je veux que mon enfant porte mon patronyme.

— Pourquoi donc ?

— Parce que nous allons nous marier.

Harper le regarda bouche bée, se retenant de rire.

— Tu n'es pas sérieux, là ?

— Bien sûr que si. J'ai l'intention de subvenir aux besoins de mon enfant, et la meilleure manière pour cela est le mariage.

Harper n'eut pas le loisir de débattre ce point, car de nouvelles contractions lui broyaient le ventre, accompagnées d'un urgent besoin de pousser.

— Appelle vite la sage-femme. Si je ne me trompe pas, le bébé arrive.

Jack se hâta de sonner.

Quelques secondes plus tard, Meg arriva suivie de son assistante. Se sentant impuissant devant la douleur de Harper, Jack s'appliqua à lui serrer la main et à lui éponger le visage. La regarder souffrir sans pouvoir l'aider était une véritable agonie. D'autant plus qu'elle se trouvait dans cette situation par sa faute. Comment cela avait-il pu se produire alors qu'il prenait toujours tant de précautions ? Quoi qu'il en soit, leur bébé était sur le point de venir au monde.

Il n'avait jamais assisté à un accouchement, à part dans un film, mais ce qu'il était en train de voir lui glaçait le sang : une douleur difficilement supportable, l'indignité d'avoir le corps ainsi exposé et une extrême vulnérabilité.

En un éclair, la peur fondit sur lui. Des accidents arrivaient lors de certaines naissances, pouvant même être fatals pour la mère ou l'enfant, voire les deux. Et si ni Harper ni leur bébé ne survivaient ? À cette pensée, une sueur froide lui dégoulina dans le dos.

— Allez-y, poussez encore, dit Meg, ce bébé est bientôt là, je vois ses cheveux.

Harper s'exécuta.

— C'est bien, sa tête est engagée. Vous pouvez ouvrir votre blouse pour que je le mette sur votre peau dès sa sortie. Et vous, monsieur, enlevez votre chemise. Il est important que le bébé connaisse votre odeur aussi.

Jack aida Harper à ôter sa blouse, puis se mit torse nu. Il n'était pas homme à pleurer, cela ne lui était même pas arrivé lors du décès de son père, mais une vive émotion s'empara de lui. Sa poitrine se serra, lui compressant le cœur.

À cet instant, Harper poussa un cri presque inhumain et lui comprima la main avec une force inouïe.

Il vit alors apparaître, entre les jambes de la jeune femme, une couronne de cheveux mouillés. C'était si beau. Ce petit être était sa chair et son sang. Son rythme cardiaque s'emballa, des larmes lui piquèrent les yeux.

— Tu y es presque, ma chérie.

Dans un hurlement, Harper expulsa le bébé. La sage-femme le souleva et le lui posa sur la poitrine.

— Vous avez une très belle petite fille, dit Meg. Félicitations.

Il avait une fille.

Le nourrisson poussa un cri qui sembla la plus belle des musiques aux oreilles de Jack. Il cilla pour éloigner ses larmes. Une boule lui bloqua la gorge, l'empêchant de parler. Son émotion à la vue de son enfant, lovée dans les bras de Harper, le surprit autant que l'annonce de la grossesse.

Sa mère allait être folle de joie. Elle faisait allusion à des petits-enfants depuis des années et, chaque fois, il lui disait de ne pas avoir trop d'espoir. Elizabeth n'était pas plus préparée que lui à cet événement extraordinaire, mais elle le savourerait à sa juste valeur. Sortant son téléphone, il fit très vite quelques photos pour la convaincre de la réalité de cette naissance. Lui-même avait encore du mal à y croire.

— Voulez-vous couper le cordon, monsieur ?

— Euh... oui, bafouilla-t-il, trop troublé pour trouver d'autres mots.

Il rangea son mobile, suivit les instructions de Meg, puis la regarda sécuriser la pince contre le ventre du nouveau-né.

Harper sanglotait de joie et de soulagement en berçant son bébé contre sa poitrine.

— N'est-elle pas magnifique, Jack ?

Une nouvelle vague d'émotions enfla dans son torse. Son opinion manquait probablement d'objectivité, mais tous les nourrissons ne pouvaient pas être aussi beaux que sa petite fille.

— Absolument, répondit-il en effleurant du doigt les fins cheveux du bébé. Elle est si petite. On dirait une poupée.

Harper lui lança un regard éloquent.

— Je ne l'ai pas sentie si petite, il y a quelques minutes.

Jack se pencha pour déposer un baiser sur le front de la jeune maman.

— Tu as été formidable. Ton courage m'a vraiment impressionné.

Harper leva vers lui un regard reconnaissant.

— Je te remercie d'être resté. J'appréhendais tant d'être seule.

Ramenant alors les yeux sur leur fille, elle murmura d'un ton doux :

— Bonjour, petite puce. Je suis si désolée de ne pas encore avoir de nom pour toi.

En réponse, le bébé se lova contre Harper en poussant de petits cris qui firent se serrer le cœur de Jack.

— Vous pouvez lui offrir le sein, dit Meg, avant d'ajouter : au fait, avez-vous prévu de l'allaiter ?

— C'est meilleur pour elle, j'imagine, non ?

— Nous encourageons toujours les jeunes mamans à essayer. Cependant, si vous trouvez cela trop pénible, passez au lait maternisé sans culpabiliser.

Harper présenta alors sa poitrine à leur nourrisson, qui referma aussitôt les lèvres autour de son sein.

Jack n'avait jamais vu un tableau si touchant. Il admira le beau visage de sa fille surmonté de cheveux aussi noirs que les siens, les doigts et orteils minuscules et le petit corps si bien formé. C'était un véritable miracle. Il cilla pour se persuader de la réalité, se demandant s'il n'allait pas se réveiller dans son *penthouse* après avoir rêvé. Mais non, il était bien dans une salle d'accouchement à regarder son adorable nouveau-né prendre sa première tétée.

En un éclair, toutes les émotions qu'il s'était attaché à refuser sa vie durant déferlèrent sur lui, ébranlant l'armure bâtie autour de son cœur.

Il était père.

Un papa.

Sa petite fille avait besoin de sa présence dans son existence. Il avait désormais des responsabilités plus importantes que toutes celles assumées jusqu'à présent. Personne d'autre que lui n'élèverait son enfant. C'était à lui d'assurer son bien-être et son bonheur, et il se jura de lui épargner ce dont lui-même avait souffert dans sa jeunesse. Elle aurait la première place dans son cœur, serait vue et entendue.

Lorsque le bébé eut fini de téter, la sage-femme l'enveloppa dans un lange, puis s'éclipsa après avoir terminé de tout nettoyer, les laissant profiter de leur intimité.

Jack prit une nouvelle série de photos, se demandant si son père avait été aussi émerveillé face à lui lors de sa naissance. Il avait de bons souvenirs de lui lorsqu'il était jeune. Hélas, la progression de sa maladie de Parkinson avait assombri les autres. Ensuite, sa mère l'avait envoyé en pensionnat et en camps de vacances afin de lui épargner la lente dégradation de son père qui refusait de voyager. De toute manière, la maison familiale avait cessé d'être un foyer pour lui. Elle était devenue un endroit lugubre où régnaient chagrin, tristesse et déception.

La mort de son père, survenue alors qu'il avait dix-huit ans, ne l'avait pas anéanti autant que sa mère. Il avait éprouvé un soudain soulagement.

Sa fille s'étant endormie, Harper leva les yeux vers lui.

— Tu veux la prendre dans tes bras ?

L'inquiétude étreignit le cœur de Jack. Il n'avait jamais tenu de nouveau-né, mais savait combien leur petit cou était fragile et leurs réactions imprévisibles, à commencer par des pleurs intempestifs. Confronté à des larmes ou cris, il risquait de perdre le peu de moyens qu'il lui restait.

— J'ai trop peur de la réveiller. Elle a l'air si paisible.

Une expression déçue tira les traits de Harper. Dans la seconde suivante, son regard gris-vert se fit dur, et sa voix sortit amère, coupante.

— Tu préfères peut-être faire un test de paternité avant ?

Cela n'était pas venu à l'idée de Jack. Même si la plupart des hommes dans sa position en auraient exigé un, lui savait sans le moindre doute que cette enfant était la sienne. Pourquoi ? Il l'ignorait. Ce n'était pas une réaction rationnelle, simplement un sentiment. Il était peu enclin d'ordinaire à se fier aux émotions, mais ce petit visage surmonté de cheveux noirs lui ressemblait lorsque lui-même était bébé. Et il sentait un lien inexplicable l'attacher à elle. Une connexion presque spirituelle.

— Aurais-je une raison d'en faire un ? demanda-t-il.

Harper haussa les épaules.

— Je pensais simplement que tu en voudrais un.

— Pourquoi ? As-tu eu de multiples partenaires depuis notre dernière rencontre ?

— Non.

Elle reporta aussitôt son attention sur sa fille et lui caressa la tête avec tendresse.

Quoique surpris, Jack fut secrètement enchanté. Lui-même n'avait pas eu de maîtresses non plus, mais il était curieux de savoir pour quelle raison Harper n'avait fréquenté personne.

— Pourquoi ?

Harper leva les yeux au ciel.

— Au risque de gonfler ton ego déjà surdimensionné, je n'ai pas éprouvé l'envie de coucher avec un autre après notre nuit… torride.

Ses joues prirent alors une délicate teinte rosée, et elle se mordit la lèvre comme par regret d'en avoir trop révélé.

Jack lui adressa un sourire nonchalant.

— Au risque de gonfler le tien, il en va de même pour moi.

Harper écarquilla les yeux.

— Tu es sérieux ? Tu n'as couché avec personne depuis ?

Son ton incrédule lui fit se demander si sa réputation de play-boy n'avait pas été un peu exagérée. Certes, ses relations étaient nombreuses, mais il restait souvent seul entre deux maîtresses. Même longtemps, quelquefois. Neuf mois étaient cependant un record. Lorsqu'il travaillait au développement d'un nouvel hôtel, mettre sa vie privée entre parenthèses lui permettait de mieux se concentrer. Cela lui avait réussi. Après avoir négocié de multiples marchés et investi des millions dans des établissements spectaculaires, il avait fait de la chaîne Livingstone Hotels une marque luxueuse qui rivalisait avec les plus grands compétiteurs.

— J'ai été très occupé à chercher de nouvelles propriétés, puis à obtenir un domaine exclusif dans le Yorkshire.

— Oui. J'en ai entendu dire que tu avais acheté Rothwell Park.

Son ton amer semblant suggérer qu'il avait agi dans le seul but de la contrarier, Jack demanda :

— Tu connais cette propriété ?

— Mon associée, Ruby Pennington, y a grandi. Sa grand-mère était la gouvernante du château. Je lui ai rendu visite là-bas quand j'avais douze ans. On y a organisé le mariage de l'actrice américaine Delphine Rainbird récemment. Tu l'as peut-être vu dans la presse ou su par Lucas Rothwell.

— J'ignorais ton lien avec cette propriété.

Comme il finissait de parler, le bébé bâilla puis tourna le visage vers lui, ses yeux d'un bleu très sombre grands ouverts.

— Tu devrais la prendre, elle commence à reconnaître ta voix.

Avec une infinie délicatesse, Jack prit sa fille des bras de Harper, lui calant la tête au creux de son coude. Elle le regarda sans ciller.

— Coucou, ma puce, murmura-t-il d'une voix peu assurée. Tu nous as fait une sacrée surprise en arrivant à l'improviste. Tu vas devoir excuser notre manque de préparation.

Surtout le sien, car Jack, en planificateur hors pair, envisageait toujours tous les aspects de chaque situation afin de se préparer à l'imprévu. Rien, cependant, n'aurait pu le surprendre autant que de se découvrir soudain père de cet adorable bébé.

À cet instant, celle-ci ouvrit grand sa petite bouche en forme de cœur pour bâiller. En un éclair, il se sentit en proie à une étrange émotion. Une du genre de celles capables de faire basculer son monde si bien ordonné et auxquelles il n'avait jamais encore laissé libre cours. Il eut alors une certitude : il serait toujours là pour son enfant et pour Harper.

— Jack, tu dois certainement me trouver stupide de n'avoir pas deviné que j'étais enceinte, mais si je l'avais su, je t'aurais immédiatement averti.

— Pourquoi ne voulais-tu plus me revoir ?

— J'avais honte de t'avoir laissé me distraire de mon travail au mariage des Tenterbury. M'évader avec le témoin du marié est ma pire faute professionnelle. Je m'étais juré de ne jamais mélanger travail et plaisir ; or, avec toi, j'ai rompu ce vœu.

— Et quel plaisir, cette nuit-là…

Jack en frissonnait encore. Tout avait été extraordinaire, l'immédiate attirance, le jeu du flirt, puis faire l'amour avec elle. Jamais il n'avait passé une nuit si torride. En vérité, il avait ensuite évité les autres femmes pour en savourer le souvenir, revivre les sensations, se remémorer le goût des baisers de Harper, leurs corps enlacés, leur intimité qui l'avait si profondément touché.

Et cette nuit d'exceptionnelle passion avait produit ce minuscule bébé.

Sa fille, que Harper, en cet instant, regardait comme si elle aussi était stupéfaite qu'ils aient un enfant. Une ride barra le front de la jeune femme tandis qu'elle levait les yeux vers Jack.

— En temps normal, les parents ont des mois pour se préparer à un tel événement. Je crains de lui avoir causé d'irréparables dommages pendant ma grossesse en ne lui parlant pas et en mangeant ce que bon me semblait. Fort heureusement, je ne bois jamais d'alcool et ne fume pas.

— Elle me paraît parfaite. Aussi, ne t'inquiète pas. Regarde, on dirait qu'elle m'observe.

Le bébé fixait Jack, en effet, avec une intensité qui raviva l'émotion de ce dernier.

— Eh bien, jeune fille, comment allons-nous vous appeler ?

— Je souhaiterais éviter les prénoms trop originaux, ils l'embarrasseraient plus tard. Ceux vieux jeu, aussi.

— Je suis d'accord, répondit Jack. Aimerais-tu lui donner celui d'une personne chère, comme ta mère ou ta grand-mère ?

À l'expression horrifiée de Harper, il réalisa qu'il ne connaissait rien d'elle. Mais que savait-elle de lui, à part ce qu'elle avait lu dans les tabloïdes ou sur Internet ?

— Non, je ne veux lui infliger aucun prénom porté dans ma famille.

— Dans ce cas, ma mère s'appelle Elizabeth – Liz pour ses intimes et ses amis. Elizabeth Susannah, pour être exact.

— J'aime les deux. Je les vois cependant mieux en prénoms accessoires. Ça fait peut-être beaucoup, tu ne crois pas ?

— Non, j'en ai moi-même trois.

— Et tu ne trouves pas cela excessif ?

— Un peu mais, apparemment, mes parents avaient beaucoup de personnes à satisfaire quand je suis né.

— Alors, quel est ton nom complet ?

— Jackson Sebastien Miles Rochester Livingston.

Harper haussa les sourcils. Jack sourit.

— Eh oui, Rochester comme le maître de Thornfield Hall dans *Jane Eyre*. C'était le nom de jeune fille de ma grand-mère maternelle.

— Que penses-tu de Marli, avec un I final au lieu d'un Y ? J'aime bien, ce n'est ni excentrique ni vieux jeu.

Jack hocha la tête.

— Je l'aime aussi.

Il baissa alors les yeux vers sa fille en train de serrer les doigts autour de son index.

— Bienvenue dans ce monde, Marli Elizabeth Susannah Livingstone.

— Pas Livingstone, Swan, corrigea fermement Harper en lançant un regard dur à Jack.

— Te rends-tu compte que son acronyme sera MESS si tu ne m'épouses pas ? Ça fait désordre. Tout le monde se moquera d'elle.

C'était une façon peu élégante de convaincre Harper de devenir sa femme, mais il était décidé à utiliser tous les arguments.

Elle tendit les mains vers lui pour reprendre Marli. Son expression était moins définitive, comme si elle reconnaissait le bien-fondé de son point de vue, mais était trop fière pour l'admettre.

— J'ai envie de la tenir.

Dès que Jack lui eut donné leur fille, ses bras lui parurent bien vides. Il les croisa contre son torse pour conserver la chaleur du petit corps de Marli.

— Elle est à nous deux, Harper, donc elle devrait porter nos deux noms. On pourra les relier par un trait d'union après notre mariage.

— Je ne t'épouserai pas, répliqua-t-elle en le défiant du menton.

— Ma demande en mariage manquait de formalisme, mais je tiens à vivre avec Marli. Pas question pour moi d'être un père à mi-temps.

— C'est impossible. Avec ton travail, tu voyages sans arrêt de par le monde.

— Toi aussi.

— Pas autant que toi. Mais, j'y pense soudain, je dois aller à Paris dans six semaines.

— Pour un mariage ?

— Non. Je dois faire des photos pour un livre auquel on m'a demandé de contribuer.

Elle caressa tendrement les cheveux de Marli, avec un

regard émerveillé, comme étonnée de tenir sa propre fille. Leur fille.

— Je ne sais pas comment je vais faire pour concilier mon travail et ce voyage avec un bébé...

Sa voix se brisa sur le dernier mot. Elle se mordit la lèvre, et son menton se mit à trembler.

Jack lui posa une main sur l'épaule.

— Nous trouverons la solution ensemble. Nous sommes tous deux responsables d'elle. Tu ne seras pas seule à t'en occuper, je t'aiderai.

Elle leva les yeux vers lui.

— Je n'ose imaginer les commentaires de la presse en apprenant que tu es père du jour au lendemain. Sans compter que nous sommes quasiment des étrangers et avons désormais un enfant ensemble.

— Cela ne nous empêche pas d'être de formidables parents, et un couple qui fonctionne.

Il mit alors une main dans sa poche et sortit la boucle d'oreille de Harper.

— Au fait, j'ai quelque chose à toi que tu as oublié dans ma chambre.

Elle prit le bijou et le posa sur la table de chevet à côté de son sac et de son téléphone.

— J'ai quelque chose à toi aussi.

Harper lui tendit sa fille avec un petit sourire !

— Ton bébé.

3

Jack s'installa dans un fauteuil avec Marli pendant que Harper prenait une douche. La sage-femme leur avait apporté un berceau, mais il craignait de réveiller sa fille en la transférant dedans. En vérité, il tenait aussi à profiter de ces précieux premiers instants de la vie de son enfant.

Attrapant son téléphone, il appela sa mère.

— Assieds-toi, maman, j'ai une nouvelle à t'annoncer, dit-il dès qu'elle eut répondu.

— Oh ! mon chéri, serais-tu enfin tombé follement amoureux ?

La joie de sa mère l'ennuya, car il n'avait aucune intention de tomber amoureux.

— Non, mais je vais me marier.

— Tu ne peux pas épouser une femme que tu n'aimes pas.

— Si, parce qu'elle est la mère de mon bébé.

Un court silence suivit sa déclaration, puis Liz s'exclama d'une voix bredouillante de surprise :

— Tu as… quoi ?

— Une petite fille âgée d'une demi-heure.

L'information suffit à faire recouvrer ses esprits à sa mère.

— C'est merveilleux ! Pourquoi ne m'as-tu pas avertie plus tôt ? J'ignorais même que tu avais une relation suivie. Quand puis-je la voir ? Au fait, comment l'avez-vous appelée ? Je suis tellement excitée que je ne sais plus où donner de la tête. Il faut que j'aille lui acheter un cadeau de bienvenue. Des tas de cadeaux. Des jouets, de petits vêtements, une poupée. Et un ours en peluche, bien sûr. Je n'arrive pas à croire que je suis enfin grand-mère, je pensais ne jamais voir ce jour arriver. Et ta fiancée, je la connais ? Comment s'appelle-t-elle ? Je peux venir voir ma petite-fille maintenant ? Dans quel hôpital êtes-vous ?

Un sourire monta aux lèvres de Jack en entendant cette avalanche de questions.

— Calme-toi, maman.

— Ne me dis pas de me calmer quand c'est le plus beau jour de ma vie depuis ta naissance. Si je n'étais pas aussi heureuse, je t'en voudrais à mort de ne pas m'avoir avertie dès sa conception. Comment as-tu pu me priver du plaisir d'attendre d'être grand-mère ? Je ne t'aurais pas cru capable d'une telle méchanceté.

— J'ai appris ma paternité environ une heure avant la naissance de ma fille.

— Qu'est-ce que tu me dis là ?

— Ma... fiancée, dit-il, décidant que le terme était approprié dans la mesure où il n'accepterait aucun refus de la part de Harper, a eu ce qu'on appelle une grossesse cryptique. Elle ne l'a découverte que peu de temps avant d'accoucher.

— Incroyable ! J'en ai entendu parler, mais j'ai toujours eu de la peine à le croire. Il est impossible de manquer certains signes. Tu as bien dû remarquer certains changements de son corps pendant tout ce temps, surtout dans l'intimité.

— Je ne l'ai pas vue depuis neuf mois, dit Jack, s'en voulant d'être sur le point de choquer sa mère si conservatrice. Nous avons eu une aventure d'une nuit.

— Es-tu sûr que cette jeune femme n'est pas une croqueuse de diamants ? C'est un coup vieux comme le monde, mais qui marche. Tu es milliardaire et très séduisant. Nombreuses sont celles qui voudraient t'obliger à les épouser.

Jack se pinça l'arête du nez, heureux que sa fille n'entende pas parler de sa mère en ces termes.

— Maman, je veux épouser Harper. Elle ne m'a pas forcé. En fait, je dois réussir à la convaincre d'accepter. L'idée ne l'emballe pas.

— Tu plaisantes ? Un homme comme toi est le partenaire idéal !

— Je ne pense pas que Harper me voie ainsi.

La porte de la salle de bains s'ouvrit à cet instant, et Harper en sortit vêtue d'un pyjama d'hôpital propre, une serviette drapée autour des cheveux.

— Se faire désirer est encore un coup classique.

Jack n'eut pas le temps de demander à sa mère de baisser la voix, car elle poursuivait.

— Insiste pour faire un test de paternité, mon chéri. Ne t'attache pas à ce bébé avant d'être sûr qu'il est le tien. Et, pour l'amour du ciel, ne te marie pas avant d'être sûr de l'honnêteté de cette jeune femme !

Jack serra les dents tout en lançant un regard contrit à Harper.

— Je dois te quitter, maman. Je te dirai demain à quel moment tu peux venir voir Marli Elizabeth Susannah.

— Tu lui as donné mes prénoms, dit-elle d'un ton soudain doux. C'est tellement gentil.

— C'était l'idée de Harper, en fait.

Sa réponse fut saluée par un court silence tendu.

— Eh bien, il me tarde de la rencontrer aussi. Envoie-moi des photos. Je ne croirai pas être grand-mère avant d'en avoir vu la preuve.

— Je te les envoie immédiatement après avoir raccroché. Au revoir, maman.

Tout en sélectionnant les photos, il dit à Harper :

— Je suis navré que tu aies entendu ces propos.

Les photos envoyées, il rangea son téléphone et la regarda, assise sur le lit, l'air pincé.

— Tu vois, je te l'avais dit. Un test est nécessaire.

— Et je t'ai dit que je n'en voulais pas.

Harper se leva d'un bond puis grimaça, ayant probablement oublié qu'elle venait d'accoucher.

— Peu importe, j'en ferai quand même faire un. Je ne veux pas que les gens se posent de questions ou me traitent de croqueuse de diamants.

Elle lui prit alors Marli des bras, la serra contre sa poitrine et ajouta :

— C'est pourquoi le mariage est hors de question. Personne ne croirait que nous sommes amoureux.

— Que vient faire l'amour là-dedans ? Nous pouvons avoir une relation parfaitement satisfaisante sans être amoureux l'un de l'autre. Notre unique nuit ensemble en est la preuve.

— Pardon ? demanda Harper, les yeux écarquillés. Tu ne crois pas à l'amour dans un mariage ? Est-ce ce que tu es en train de me dire ?

— Je disais que sa présence n'est pas indispensable. De nombreuses relations survivent sans.

— Elles survivent, oui, mais s'épanouissent-elles ? Je veux un environnement sain et aimant autour de

Marli. Pas qu'elle vive entre des gens qui ont du mal à se supporter.

Elle coucha Marli dans le berceau, puis la borda avec tendresse d'une couverture rose avant de se relever.

Jack vint se placer derrière elle et lui mit les mains sur les épaules.

— Pourquoi veux-tu que nous ne nous plaisions pas ensemble ?

Harper se retourna pour lui faire face.

— Nous ne nous connaissons pas, Jack.

Il lui caressa la joue du revers d'un doigt.

— Je sais ce que tu aimes, répondit-il, la voix soudain rauque, et tu sais ce que j'aime. Je n'ai jamais réussi à te sortir de mes pensées. C'est pourquoi je voulais te revoir. Je voulais m'assurer que je n'avais pas imaginé combien nous nous entendions bien.

Elle lui lança un regard méfiant.

— Tu n'as vraiment eu aucune relation depuis notre nuit ensemble ?

— Non, pas une seule. Et, crois-moi, neuf mois est un record, mais j'étais trop pris par mon travail et j'essayais de te convaincre d'accepter de me voir.

— Pour me rendre ma boucle d'oreille ?

— Elle semble avoir de la valeur.

— Une valeur essentiellement sentimentale. J'ai acheté cette paire avec mon premier salaire de photographe.

Se dégageant, elle lui adressa un faible sourire pour demander :

— Je peux voir tes photos ?

— Bien sûr.

Jack tint son mobile en hauteur pour qu'ils les regardent côte à côte.

— Elles sont plutôt bonnes pour un amateur, mais notre fille est photogénique. Tu ne trouves pas ?

— Si, je regrette seulement de ne pas en avoir pris. Mon appareil est resté au bureau, et mon téléphone n'a plus de batterie.

— Tiens, prends le mien.

Harper photographia Marli sous différents angles avant de demander.

— Et si j'en prenais quelques-unes de vous ensemble ?

— Bonne idée.

Jack fut heureux d'arriver à sortir Marli du berceau sans la réveiller. Peut-être qu'après tout il ferait un bon père en dépit de son manque de préparation.

Mets-toi par ici, la lumière est meilleure. Maintenant, regarde-la comme si elle était la plus belle petite fille au monde.

— Elle *est* la plus belle petite fille au monde, répondit Jack, émerveillé. Elle a ton nez et ta bouche, on dirait.

— Tu trouves ?

— Absolument.

Harper s'arrêta de photographier pour venir à côté de lui vérifier ses dires. Elle était si proche que Jack sentit l'odeur de savon sur sa peau. Il lui passa un bras autour de la taille, mais elle s'écarta comme si son contact l'avait brûlée, et ses yeux gris-vert lancèrent des éclairs.

— Je sais ce que tu es en train de faire.

— Ah bon ?

— Oui, tu essayes de me convaincre de t'épouser par la séduction, mais ça ne fonctionnera pas. Même si c'est un cliché, tu es le dernier homme sur terre avec qui j'envisagerai de me marier. En fait, je ne veux épouser personne.

— C'est plutôt ironique pour une photographe de mariage.

— En effet. Toutefois, prendre plaisir à immortaliser le bonheur des autres n'implique pas de vouloir vivre le conte de fées moi-même.

— Tu vois, nous sommes faits l'un pour l'autre. Nous sommes tous deux cyniques au sujet de l'amour.

— Je ne suis pas cynique au sujet de l'amour.

— Alors, c'est au sujet du mariage ?

— Je reconnais que certains mariages durent une vie entière. De là à ce que les deux époux soient heureux, c'est une autre question.

— Tes parents étaient heureux en ménage ?

— Non.

— Ils sont restés longtemps ensemble ?

Harper s'éloigna aussitôt de lui, lui tournant le dos.

— Suffisamment longtemps pour que mon père mette ma mère enceinte, répondit-elle en se retournant. Lorsqu'il a appris la grossesse, et qu'elle refusait d'avorter, il a rompu et est retourné auprès de sa famille. La femme et les enfants qu'il lui promettait de quitter depuis des mois pour s'installer avec elle. Un sacré menteur !

— Ça a dû être difficile pour ta mère.

— Évidemment.

— Pour toi aussi, le jour où tu as été en âge de comprendre.

— Oui. Apprendre que ton père voulait se débarrasser de toi avant ta naissance ne donne pas une grande estime de soi.

L'amertume et le chagrin de Harper étaient palpables.

— Ne devrais-tu pas avertir ta mère de la naissance de Marli ?

Elle eut un petit rire et s'assit sur le lit.

— Impossible, elle est morte quand j'avais huit ans.

Jack imagina sans peine combien une telle perte si jeune avait dû être douloureuse.

— Je suis désolé. De quoi est-elle morte ?

— Elle s'est suicidée. C'est moi qui l'ai trouvée.

— Bon sang, Harper, c'est horrible.

Il recoucha alors délicatement Marli dans son berceau, puis s'installa à côté de Harper sur le lit et lui prit la main.

— Qui t'a élevée ? Ton père ?

Elle se leva et resserra ses bras autour de sa taille, comme si elle ne voulait pas être réconfortée. Ou peut-être parce que personne n'avait été présent pour elle auparavant. Cela expliquait sa farouche indépendance et son côté combatif. Elle ne se laissait pas approcher de trop près de crainte d'être blessée ou abandonnée.

— Les autorités l'ont contacté. Il a promis de venir me chercher au foyer d'accueil, mais il a chaque fois annulé au dernier moment. Il avait toujours une nouvelle excuse pour expliquer que je ne pouvais pas aller vivre avec lui. Après ce foyer, je suis passée de famille en famille. Je l'ai attendu des années, croyant en sa promesse, jusqu'au jour où j'ai réalisé que j'étais vraiment seule.

— D'après ce que je viens d'entendre, tu étais peut-être mieux sans lui, dit Jack.

Il se demanda comment un homme pouvait abandonner son bébé. Même sans avoir prévu d'être parent, en aucun cas il ne pourrait tourner le dos à sa fille. Il serait toujours là pour la protéger, l'aider à grandir et à réaliser ses rêves. Et le fait que Harper n'ait jamais eu le soutien d'une famille était une raison supplémentaire pour qu'il l'épouse et l'épaule pour élever leur enfant.

— Tu n'avais pas une grand-mère ou une tante qui auraient pu te prendre ?

— Personne ne me voulait.

Harper se pencha alors sur le berceau, couvant son bébé d'un œil bienveillant.

— Ma mère m'aimait, reprit-elle. Enfin, à sa manière. Elle était dépressive et mélangeait médicaments et alcool pour combattre sa tristesse. D'où mon abstinence et mon refus de prendre autre chose que du paracétamol.

— Ton seuil élevé de résistance à la douleur aussi bien physique que morale m'impressionne, dit Jack en venant auprès d'elle.

En silence, ils contemplèrent un instant leur fille dont le petit ventre se soulevait au rythme de sa respiration régulière.

— Jack, murmura Harper, j'ai besoin que tu me promettes de ne jamais abandonner Marli. Quoi qu'il arrive entre nous, sois présent pour elle.

D'une main sur sa hanche, il la fit pivoter vers lui et la regarda droit dans les yeux.

— Je ne l'abandonnerai jamais. Je ferai tout ce qui est en mon pouvoir pour lui offrir une vie heureuse et épanouissante.

Harper baissa les yeux vers la bouche de Jack, puis s'humecta rapidement les lèvres.

— Merci.

Il s'approcha et se serait contenté d'un léger baiser, mais Harper l'embrassa avec une douceur teintée de passion retenue.

Dans la seconde, Jack sentit son corps réagir. Il avait tant rêvé pendant neuf mois de ce contact sensuel qu'il approfondit leur étreinte. Elle y répondit avec un gémissement qui le fit frissonner, puis lui enlaça le cou.

— Je suis désolée, dit-elle soudain en se séparant

de lui, les joues rosies. Je ne voulais pas faire ça. Mes hormones ont dû prendre le dessus.

— Tu n'as pas à t'excuser.

Elle fit le tour du berceau comme pour établir une séparation entre eux.

— Je ne veux pas que tu te fasses des idées ou que tu cherches à me manipuler.

Jack se passa les mains dans les cheveux, s'efforçant de calmer ses propres hormones.

— Les dernières heures ont été riches en événements, pour ne pas dire épuisantes. Tu devrais dormir, maintenant.

— Tu as raison, je me sens… un peu fatiguée.

C'était là le plus grand euphémisme qu'il n'avait jamais entendu. Harper avait les yeux cernés, ses traits étaient tirés et ses épaules arrondies de fatigue. Jack aurait aimé la serrer contre lui, la réconforter, la dorloter, mais son attitude et son expression lui intimaient de garder ses distances.

— Que puis-je faire pour toi avant de partir ? Aller te chercher de la nourriture ou un thé ?

Elle secoua la tête, l'air songeur.

— Non. En fait, je n'ai rien pour Marli, ni vêtements ni équipement de bébé.

— Je m'en occuperai demain matin à la première heure, répondit-il d'un ton assuré contrastant avec ses doutes intérieurs.

Il ne connaissait rien aux bébés, mais sa mère ou une assistante d'achats devrait lui trouver le nécessaire.

— Une chose encore, je suis venue en taxi tout à l'heure, aussi tu devras acheter un siège auto pour ta voiture.

— Tu as raison.

Il n'était cependant pas certain d'en dénicher un

qui serait adaptable à son petit bolide. Peu importe, il résoudrait ce problème en temps voulu.

— Tu n'aurais pas ton chargeur de téléphone, par hasard ? Je voudrais appeler mes amies.

— Je vais voir si une infirmière peut m'en prêter un. En attendant, couche-toi.

— Je te remercie.

À son retour avec le chargeur, Jack trouva Harper endormie, le visage tourné vers le berceau.

Il brancha le téléphone et le posa sur la table de nuit, puis regarda Harper un long moment, s'efforçant encore d'assimiler les événements des deux dernières heures. Il avait connu des journées plutôt mouvementées, mais celle-ci les dépassait toutes.

4

— Tu as eu un bébé ? hurlèrent Aerin et Ruby en chœur sans laisser à Harper le temps de finir ses explications.

— Oui. Je ne souffrais pas d'un simple mal de dos. En fait, il s'agissait des premières douleurs de l'accouchement.

Elle poursuivit avec l'histoire de sa grossesse cryptique, précisant qu'elle aurait encore du mal à le croire si Marli ne reposait pas endormie dans son berceau devant elle.

— Elle était sacrément bien cachée, ta grossesse, commenta Ruby, stupéfaite. On n'a rien vu alors qu'on est avec toi tous les jours.

— Tu avais un rayonnement différent, intervint Aerin, et tu mangeais pour deux. Souviens-toi des petits gâteaux de Ruby au mariage de Delphine et de notre soirée pizza. Ton appétit était d'autant plus étonnant que tu es quasiment sans arrêt au régime.

Harper, à l'inverse de ses associées, n'était pas mince. Elle avait toujours eu du mal à accepter ses rondeurs. Toutefois, avoir accouché lui procurait du respect pour son corps. Qu'il ait protégé, fait grandir et délivré son bébé l'émerveillait. Dirigeant l'écran vers le berceau, elle demanda :

— Comment trouvez-vous ma petite Marli ?

— Elle est tout simplement divine, murmura Aerin d'un ton admiratif teinté d'envie.

Ruby renchérit :

— Oui, sublime. On dirait une poupée.

— Ce sont les termes exacts de son père.

— Son papa serait-il, par hasard, Jack Livingston ? interrogea Ruby.

Aerin, qui visiblement ne se posait même pas la question, lança en même temps :

— Il était avec toi au moment de la naissance ?

— Oui, c'est bien Jack. Et oui, il a réussi à venir juste à temps.

Les points en sa faveur sautèrent aussitôt aux yeux de Harper. Il n'avait pas hésité à la rejoindre, s'était laissé broyer les doigts sans se plaindre, lui avait inlassablement épongé le front et avait accepté sa paternité. Sans compter qu'il insistait pour l'épouser et s'était d'emblée intéressé à son bébé.

Elle songea alors à sa mère abandonnée du jour au lendemain par un homme qui ne voulait pas de sa fille. Après être devenue mère à son tour, elle réalisa combien la sienne avait dû se sentir seule et terrifiée.

Comment a-t-il réagi ? demanda Aerin. Il a été surpris ? Choqué ?

— Au moins autant que moi, répondit Harper. Je suis heureuse qu'il ait été là. Avec vous deux en week-end hors de Londres, je ne savais pas qui appeler.

Elle le revit alors, tenant Marli avec délicatesse, lui murmurant des mots doux, et sentit son cœur se serrer.

Mais elle n'était pas amoureuse de lui. Jack Livingstone était pratiquement un étranger. Diablement séduisant et charmant à l'extrême, mais elle n'allait pas tomber amoureuse de lui.

Même s'il était si sensuel qu'un simple baiser la mettait dans tous ses états.

Mieux valait ne pas dériver sur ce sujet !

— Et comment allez-vous vous organiser pour élever ce bébé ? S'il a pris la peine de se déplacer et de rester tout du long à tes côtés, il doit vouloir participer, j'imagine.

— Il veut m'épouser.

— T'épouser ? demanda Aerin bouche bée. Qu'as-tu répondu ?

— Non, bien sûr. Pourquoi l'épouserais-je simplement parce qu'il est le père de mon bébé ?

— Il est peut-être amoureux de toi, dit Ruby. Après tout, il a cherché à te revoir, et tu as toujours refusé.

Harper eut un petit rire cynique.

— Jack ne supporte pas d'être éconduit. Il voulait relever le défi.

— En attendant, il t'a rejointe dès que tu l'as appelé et t'a soutenue. C'est un point en sa faveur.

Harper lui en accordait beaucoup d'autres. Son esprit entrepreneur, sa force, sa manière de prendre les choses en main, sa détermination, son éthique de travail, son caractère imperturbable et son désir de réussite. Ensuite, sur le plan physique, sa haute taille, son corps athlétique, ses traits finement ciselés, ses yeux bleu profond, ses cheveux noir de jais et sa bouche si sensuelle…

Comme une certaine langueur l'envahissait au souvenir des lèvres de Jack sur les siennes, à la fois douces et impérieuses, elle se ressaisit. Ne pas penser à cette fichue bouche ! En plus de lui faire perdre tout contrôle, elle la distrayait de ses buts.

Elle était cependant en proie au doute. Jack avait eu un comportement exemplaire et s'était engagé à s'occuper de son enfant, mais il n'avait eu qu'un aperçu de ce que serait son rôle de père. Marli allait pleurer, être turbulente en grandissant, puis il y aurait la crise d'adolescence. Il risquait de très vite se lasser et, pire, de les abandonner, comme le père de Harper l'avait fait.

Elle ne pouvait pas exposer sa fille à cela. La proposition de mariage de Jack les protégeait de ce risque, mais restait à savoir comment se passerait leur vie commune. D'un autre côté, envisager de vivre avec un homme admettant ne pas l'aimer ni croire à l'amour était un pari dangereux. S'il imaginait partager son lit, comment réussirait-elle à ne pas tomber amoureuse. Leur seule nuit passée ensemble lui avait fait battre le cœur des mois durant. Coucher à nouveau avec lui pourrait bien la conduire tout droit vers ce qu'elle voulait à tout prix éviter.

Les peines d'amour.

Et si elle refusait l'intimité, il irait chercher du réconfort ailleurs, et c'en serait fini de leur mariage.

Quel problème insoluble…

À cet instant, Marli se mit à pleurer en agitant ses petits bras autour de son visage.

— Je ferais mieux de m'occuper d'elle, dit Harper. Venez la voir dès votre retour à Londres.

— Je n'y manquerai pas, répondit Aerin. Et j'organiserai une réception prénatale chez moi. En principe, cela se fait avant la naissance, mais ce n'est pas grave.

— C'est vraiment gentil, car je n'ai absolument rien pour elle. Heureusement, Jack va acheter demain le nécessaire pour les premiers jours suivant mon retour.

Ne sachant si le retour se ferait dans son studio ou chez lui, Harper préféra ne rien préciser.

— Nous t'aiderons autant que possible, dit Ruby. On va devoir jongler avec les mariages prévus, mais n'hésite pas à prendre un congé maternité. On engagera un photographe pour te remplacer quelques semaines.

— Je dois quand même aller à Paris puisque je dois faire les photos sur place si je veux voir mon travail présenté. La sélection a été dure. Mon rêve est en voie de réalisation, je ne peux pas annuler au dernier moment.

— Alors concentre-toi là-dessus et laisse-nous nous occuper des mariages, la rassura Ruby. Embrasse très fort ta puce et dis-lui que tante Ruby l'adore déjà et que tonton Lucas en tombera amoureux au premier regard.

Harper sourit en dépit de ses doutes concernant son avenir. Ruby et Aerin étaient ses sœurs de cœur. Elles seraient toujours présentes pour elle. Alors, pourquoi aurait-elle besoin d'un mari ?

Surtout d'un aussi dangereusement distrayant que Jack Livingstone.

Jack, qui n'avait jamais mis les pieds dans un magasin spécialisé en articles de puériculture, regarda avec stupéfaction le matériel qui l'entourait. Vêtements et doudous au premier plan puis, à l'arrière, un alignement de berceaux, tables à langer, landaus, sièges auto, biberons, tire-lait, baignoires et autres objets. Tout ce dont un bébé avait besoin était effarant. Ne sachant par où commencer, il prit une licorne en peluche, rose et blanche avec une corne dorée. Comme, par inadvertance, il appuyait sur le ventre, une berceuse se fit entendre. Cette chanson de son enfance réveilla des souvenirs profondément enfouis du temps où il était entouré et aimé de ses parents et grands-parents. Ces personnes s'étaient éteintes une à une, ne laissant plus que lui et sa mère.

L'amour avait un prix. La perte.

Une tragédie inévitable.

Sa mère avait perdu son mari petit à petit. L'homme qu'elle adorait s'était affaibli sous ses yeux avant de devenir de plus en plus difficile au fur et à mesure qu'arrivaient les ravages de la maladie de Parkinson. Lui aussi avait perdu son père, regardant sa lente détérioration physique et mentale jusqu'à ce qu'il ne soit plus que l'ombre de lui-même.

À cause de son acharnement à dissimuler son invalidité grandissante responsable de sa mauvaise gestion, l'entreprise hôtelière familiale avait périclité. Pour l'empêcher de sombrer, son père avait vendu leurs objets précieux, puis leurs biens immobiliers l'un après l'autre. Un crève-cœur pour Jack, ce qui expliquait son besoin de sans cesse chercher de nouvelles propriétés à développer depuis qu'il avait donné à Livingstone Hotels une splendeur jamais égalée auparavant.

Il en avait déduit que la seule façon d'éviter les pertes était de ne jamais s'attacher. De toujours garder ses émotions sous contrôle. Bien enfermées.

En sécurité.

Une vendeuse s'approcha de lui.

— Puis-je vous aider, monsieur ?

Jack reposa la licorne et refoula ses souvenirs au plus profond de lui.

— Ma fiancée et moi-même venons d'avoir une petite fille. Nous avons donc besoin de… pas mal de choses.

« Fiancée » n'était peut-être pas encore le terme approprié, mais il était déterminé à ce que Harper le devienne officiellement.

La dame sourit.

— Mes félicitations. À quoi pensez-vous en particulier ?

Jack saisit une grenouillère rose semblant être de la bonne taille pour Marli.

— Commençons par quelques vêtements. Ensuite, nous passerons au matériel.

Le lendemain, Harper recouchait Marli dans son berceau après sa tétée lorsque Jack entra, chargé de volumineux sacs portant le sigle d'une marque de layette renommée.

— Tu n'as pas chômé, dirait-on.

— En effet, répondit-il avant de poser ses achats sur le lit et de regarder sa fille. Comment a-t-elle dormi ?

— Comme un bébé.

Le sourire qu'il lui décocha lui alla droit au cœur. Elle devait faire attention de ne pas succomber au charme désarmant de cet homme, à ne pas laisser ses émotions teinter leur relation. En fait de relation, se reprit-elle, ils étaient d'anciens amants d'un soir devenus parents. Quant à la suite, elle s'en préoccuperait plus tard. Pour l'instant, elle marqua ses distances en se postant de l'autre côté du lit.

— Tu veux regarder mes achats ? Ce n'est que le plus urgent, le reste est à mon hôtel.

— Tu vis à l'hôtel ?

Jack haussa nonchalamment les épaules.

— M'installer dans le fleuron de ma société est logique. Cela me permet de surveiller son fonctionnement.

— Tu ne t'attends pas à y faire vivre notre fille, j'espère.

Harper avait connu suffisamment de logements temporaires pour savoir qu'on ne s'y sentait pas chez soi.

— Je m'attends à ce qu'elle vive entourée de nous deux. Comment pourrais-je être totalement présent dans la vie de Marli si je ne la voyais que les week-ends ?

Elle le fusilla du regard.

— Je pensais avoir été claire. Je ne t'épouserai pas.

— Où habites-tu ?

— Dans un appartement de South Kensington, répondit-elle en croisant les doigts pour qu'il ne lui en demande pas la taille.

Elle les décroisa en entendant sa question suivante.

— Combien de chambres as-tu ?

— Une.

— Et tu trouves cela idéal pour élever un enfant ?

Ignorant le ton condescendant de Jack, Harper soutint son regard.

— Ce sera parfait pour nous deux au début. Je pourrai toujours déménager dans quelques mois.

Et quand elle se serait habituée à son statut de mère. Elle avait encore des sueurs froides à l'idée des dommages qu'elle avait peut-être infligés à sa fille pendant sa grossesse insoupçonnée. Une chance qu'elle n'ait pas bu d'alcool, pris des médicaments à la moindre douleur ou été victime d'une intoxication alimentaire !

— Je vais nous acheter une maison, répliqua Jack d'un ton sans appel. Problème résolu.

Harper ne put s'empêcher de rire.

— Pratique de n'avoir qu'à sortir son chéquier quand l'immobilier à Londres est au-dessus des moyens de la plupart des gens.

— Je ne suis pas « la plupart des gens ». Je peux me permettre d'offrir à ma fiancée et à ma fille un foyer agréable.

— Ou tu sembles persuadé que je vais docilement accepter d'habiter avec toi.

Jack lui lança un regard ironique.

— Il n'y a pas grand-chose de docile en toi, mais j'espère

que tu verras vite les avantages d'une vie commune sur le plan pratique.

Elle le défia du menton.

— Par avantages, tu entends me voir me jeter dans ton lit ?

Un éclat illumina les yeux bleu sombre de Jack, comme s'il se souvenait l'avoir vue le faire neuf mois plus tôt. Hélas, une fois dans son lit, Harper n'avait plus eu envie de le quitter, donc elle n'avait pas l'intention que cela se reproduise. Il était trop séduisant, lui enflammait le corps d'un seul regard et lui ôtait toute volonté.

Personne ne lui avait fait l'amour avec autant d'expertise et de générosité que Jack Livingstone. Il l'avait fait se sentir belle, désirable et attirante. Simplement penser à cette nuit lui provoquait encore des frissons.

— Cela ne fait-il pas partie des devoirs du mariage ? Les couples s'engagent à vénérer le corps de l'autre leur vie durant, si je ne me trompe pas.

— Comme si un play-boy de ton espèce s'engagerait à être fidèle à une femme le reste de ses jours ! Je t'en prie, sois un peu sérieux.

L'expression de Jack se fit grave.

— Je t'en donne ma parole, Harper, je te resterai fidèle, mais j'insiste pour que notre mariage en soit un sur tous les plans. Il va sans dire que j'attends la même chose de toi.

Marli gémissant, tous les deux se précipitèrent vers le berceau. Dans la seconde suivante, leur fille se rendormit avec un petit soupir. La manche de Jack frôla le bras nu de Harper, elle sentit l'arôme citronné de l'eau de toilette masculine, le souffle du jeune homme sur sa joue, et son propre pouls qui s'emballait.

Lorsqu'il se tourna vers elle, le cœur de Harper manqua

un battement. Ses yeux au bleu envoûtant et bordés de longs cils épais avaient captivé son attention en premier neuf mois auparavant. En cet instant, elle remarqua de légers cernes, comme s'il n'avait pas beaucoup dormi de la nuit. Depuis la veille, la rapidité de l'événement l'avait poussée à se concentrer sur ses pensées personnelles sans se pencher sur le ressenti de Jack. Honteuse, elle lui demanda alors avec douceur :

— Es-tu heureux d'être père ?

— Si on m'avait posé la même question il y a une semaine, la réponse aurait été « non », car je n'ai jamais aspiré à l'être. Mais maintenant que Marli est là...

Il regarda leur fille, puis reprit d'une voix soudain enrouée :

— Je suis heureux, fier, stupéfait et submergé du désir de la protéger coûte que coûte.

Son refus de l'épouser était donc un obstacle qu'il était déterminé à écarter, en déduisit Harper, mais comment accepter cela sans amour ? Ses sentiments, nés lors de leur première rencontre, avaient été assez perturbants pour que, persuadée d'avoir confondu une nuit endiablée avec un coup de foudre, elle les enterre en quittant la chambre d'hôtel au petit matin. Un homme capable de lui procurer une série d'orgasmes ne pouvait pas être l'élu de son cœur.

Il ne l'était pas.

Ne *pouvait pas* l'être.

Harper ne le laisserait pas prendre cette place. Raison pour laquelle elle avait fui avant que cela puisse arriver. À présent, la situation était différente. Jack était le père de son enfant. Or, même si elle pouvait ignorer ou enfouir ses sentiments, elle devait tenir compte du bien-être de Marli.

— Et toi ? demanda Jack. Es-tu heureuse d'être mère ?

— Comme toi, je ne prévoyais pas d'avoir d'enfant, je n'avais pas le même désir ardent de fonder une famille que mes amies. Ma carrière est toujours passée en premier.

Soudain, ses épaules s'affaissèrent sous le poids de ses incertitudes.

— J'ai peur de ne pas être une bonne mère. La mienne n'a pas été un modèle exemplaire et a pris la fuite à sa manière dès que je suis devenue un problème trop lourd pour elle.

Jack la prit par les épaules.

— Tu n'as pas à te sentir responsable de son suicide. Tu n'étais qu'une fillette.

Harper baissa les yeux vers l'échancrure de la chemise de Jack, admirant les fins poils sombres de son torse.

— Je le suis, pourtant, car au lieu de rentrer directement de l'école ce jour-là, je me suis arrêtée en chemin pour jouer avec un chaton errant et j'ai perdu la notion de l'heure. Une fois à la maison, je l'ai trouvée allongée sur le canapé, un flacon de médicaments et une bouteille de vin posés à côté d'elle, tous les deux vides. J'ai appelé une ambulance, mais maman n'a pas pu être réanimée.

Jack la serra dans ses bras.

— Je le maintiens, tu n'es pas responsable de sa mort. Ta mère avait visiblement des problèmes dont tu n'étais pas la cause.

Harper soupira tristement, trop consciente d'être à blâmer pour cet enchaînement de circonstances.

— Mais ils étaient liés à mon arrivée dans sa vie. Sans moi, elle aurait peut-être quitté à temps cet homme marié et trouvé avec un autre le bonheur dont elle rêvait lorsqu'elle était jeune fille. À cette heure, elle serait peut-être heureuse en couple, entourée d'une famille, et d'un mari désireux de vieillir à ses côtés. Pour avoir cru aux promesses faites par un homme qui n'a jamais eu l'intention de les tenir, elle est morte seule, dans un appartement dénué de confort, et un quartier miteux. Et je n'en serais pas responsable ?

Harper se sépara de Jack pour s'essuyer les yeux, la poitrine lourde de sentiments qu'elle arrivait d'ordinaire à contenir.

— Je te prie de m'excuser. Être aussi émotive ne me ressemble pas.

Jack lui prit les mains.

— C'est normal, tu viens d'avoir un bébé. Tu as subi un énorme bouleversement hormonal.

Elle se demanda si ses émotions à lui aussi étaient sens dessus dessous après être devenu parent sans l'avoir voulu et sans la moindre préparation. Probablement, ses cernes en étaient la preuve.

— Écoute, Jack, nous venons de deux milieux différents. Le tien est privilégié, le mien plutôt pauvre. Comment, dans ces conditions, pourrions-nous élever un enfant ensemble ?

— Nous adorons notre fille. Le plus important, dans l'immédiat, est de lui donner une famille.

Une offre on ne peut plus tentante. Marli allait avoir tout ce que Harper n'avait jamais eu. Deux parents qui l'adoraient, voulaient le meilleur pour elle et avaient les moyens de le lui procurer.

Mais elle-même, qu'aurait-elle ?

Un mari qui ne l'aurait épousée que pour vivre avec son enfant, pas par amour. Toute relation qui devait entraver sa carrière artistique avait toujours été hors de question.

Mais il y avait Marli, à présent...

Sa fille avait déjà reçu en moins de vingt-quatre heures plus d'affection et de soins de la part de son père que Harper du sien de toute sa vie. Bien qu'en état de choc, Jack s'était aussitôt engagé à assumer ses responsabilités. En refusant de l'épouser, elle empêcherait Marli de profiter au maximum de lui...

Harper libéra ses mains.

— Tu t'acharnes jusqu'au bout quand tu as une idée en tête, n'est-ce pas ?

Jack lui décocha un sourire apte à entamer sa détermination à rejeter son extravagante proposition.

— Exactement. Quand je veux quelque chose, je fais tout ce qui est en mon pouvoir pour l'obtenir.

C'était bien là le fond du problème, Jack avait un pouvoir de loin supérieur au sien.

Et il était assez impitoyable pour l'utiliser.

5

Comme Harper regardait, sourcils froncés, les premiers vêtements qu'elle avait sortis d'un sac, Jack s'inquiéta.

— Ils ne te plaisent pas ? La vendeuse m'a aidé à choisir la bonne taille. De toute manière, s'ils sont un peu grands, Marli les mettra plus tard.

Harper souleva la grenouillère qu'il avait sélectionnée en premier.

— Tu as acheté beaucoup de rose.

— Oui. N'est-ce pas la couleur appropriée pour une petite fille ?

— Elles peuvent porter d'autres couleurs. Le bleu irait bien avec son teint et ses yeux.

Deux des traits que Marli tenait de Jack, ce dont il tirait une ridicule fierté.

— Mais les gens risquent de la prendre pour un garçon.

Harper fit volte-face, une lueur dure dans les yeux.

— Tu aurais préféré un garçon ?

Jack laissa échapper un souffle saccadé et resta silencieux, pas très sûr de là où elle voulait en venir.

— Je ne me suis jamais posé la question dans la mesure où je ne désirais pas d'enfant. En avoir un en bonne santé, peu importe son genre, est source de gratitude. Et même si elle ne l'était pas, je serais là pour elle.

Harper plia la grenouillère et l'ajouta sur la pile.

— Je souhaiterais que nous laissions de côté cette histoire de mariage pour un temps. Entre tout ce à quoi je dois m'habituer et mes hormones en folie, je ne trouve pas idéal de prendre une décision hâtive à ce sujet.

En cela, elle n'avait pas tort. À long terme, on regrettait souvent les décisions prises sous le coup de l'émotion, mais son désir d'épouser la mère de son enfant relevait d'un besoin plus profond qu'une lubie passagère. Aucune autre option n'était acceptable à ses yeux.

— D'accord, mettons-la de côté pour l'instant. En revanche, je veux ta réponse à notre retour de Paris.

Harper se retourna d'un mouvement vif.

— Parce que tu viendras avec moi ?

— Évidemment, qui s'occuperait de Marli si je n'étais pas là ?

Jack ignorait encore comment prendre soin d'un bébé des heures durant mais, d'ici là, il serait sans nul doute parfaitement rodé. Quant à son travail, en s'organisant à l'avance, il se libérerait, et son équipe était assez compétente pour régler les affaires en instance.

— Je pourrais engager une nourrice. De nombreuses femmes actives le font.

L'intonation de Harper lui suggéra qu'elle n'était pas convaincue par cette idée. C'était normal, elle n'avait pas eu le temps de réfléchir aux conséquences de son nouveau statut de mère. Or, c'était elle, Jack en était conscient, qui allait s'impliquer le plus envers leur fille au début, surtout si elle voulait continuer à l'allaiter.

— Ce serait une possibilité, mais je préférerais m'investir le plus possible. Les premiers mois sont censés être très importants pour créer un bon attachement émotionnel.

Un petit rictus cynique étira les lèvres de Harper.

— Dit celui qui ne croit pas en l'amour.

— Ce n'est pas une question de romantisme. Il s'agit d'un attachement parental, nécessaire à un bon développement.

— Je suis bien placée pour savoir cela.

Harper sortit d'un sac la licorne et pressa le poussoir sur le ventre de la peluche. Comme la berceuse emplissait le silence, une expression mélancolique envahit son visage.

— J'avais un ours en peluche qui jouait cette chanson, mais je l'ai perdu dans une famille d'accueil.

Elle l'éteignit, puis posa le jouet à côté des vêtements tandis que deux traits se creusaient autour de sa bouche. De toute évidence, revisiter ce souvenir d'enfance était plus douloureux qu'elle ne voulait l'admettre.

— Ça a dû être difficile de passer de maison en maison.

— J'ai survécu.

Mais à quel prix ? Jack sentait une carapace dure autour de la personnalité de Harper très semblable à sa propre armure émotionnelle. Était-ce voir en Harper Swann une image miroir de lui qui l'avait tant attiré vers elle des mois plus tôt ? Une femme qui savait ce qu'elle voulait de la vie et était déterminée à surmonter tous les obstacles. Qui ne laisserait personne devenir assez proche pour la blesser, la décevoir ou l'exploiter. Qui était résolue à se protéger coûte que coûte.

Quoi qu'il en soit, il était plus décidé que jamais à faire de Harper son épouse.

Harper quitta l'hôpital le lendemain, secrètement impressionnée d'avoir si bien convaincu les infirmières de ses soudaines aptitudes en puériculture. À vrai dire, elle avait toujours été douée pour jouer la comédie.

Prétendre que tout allait bien quand elle luttait contre le désespoir ou un mauvais rhume. Afficher des sourires pour dissimuler sa vulnérabilité et sa solitude. Adopter une attitude assurée lorsqu'elle n'avait aucune idée de la manière d'aborder une tâche à accomplir.

Hélas, son aplomb menaçait de la lâcher face au nombre de questions qui la taraudaient. Que faire si elle n'arrivait pas à alimenter correctement Marli ? Et si elle perdait du poids où pleurait toute la nuit ? Que se passerait-il si elle ne parvenait pas à concilier son travail et les soins à donner à sa fille ? Car engager une nourrice était impensable. Cela lui rappelait trop ses propres prises en charge par des étrangers dans des familles d'accueil successives. Comment laisser son enfant à une inconnue sans savoir si elle pouvait lui faire confiance ?

Mais, au fait, pouvait-elle compter sur Jack ?

D'instinct, la réponse était oui.

Bien que le connaissant à peine, Harper sentait en Jack Livingstone un homme fort et fiable. Cela l'avait d'emblée attirée vers lui. D'accord, il était un redoutable play-boy, mais il avait de solides principes qu'il appliquait. Comme son insistance à agir pour le meilleur intérêt de Marli. Le fait de ne pas avoir pris la poudre d'escampette en apprenant qu'il allait être père et, en plus, d'être resté auprès d'elle pendant l'accouchement. Puis il lui avait offert de l'épouser et de leur acheter une maison afin de procurer un environnement confortable, sécurisé et stable à leur enfant.

Jusque-là, elle n'avait rien à lui reprocher.

Le seul point qui la peinait était d'accepter un mariage sans amour.

C'était pourtant l'unique moyen de permettre à sa

fille de grandir auprès d'un père aimant et dévoué, ce dont elle-même avait été privée.

Mais son destin était-il de vivre sans amour aussi à l'âge adulte ?

À ce point de ses réflexions, Jack arriva, pile à l'heure convenue.

— Prêtes à partir, mesdemoiselles ?

Elles l'étaient.

Jack prit Marli dans ses bras pour les emmener jusqu'au parking de l'hôpital.

Là, il s'arrêta devant une berline bleu marine flambant neuve, dotée d'un siège auto dernier cri pour Marli.

— C'est ta voiture ? Qu'est devenu le petit bolide rouge que tu avais au mariage des Tenterbury ?

— Il est à l'hôtel. Nous utiliserons cette voiture pour conduire Marli. Ce modèle est le plus sécurisé sur le marché.

Les clients de Harper étaient des gens riches ayant les moyens de s'offrir de somptueux mariages, parfois dans des endroits très exotiques, mais la fortune de Jack était d'un niveau supérieur. Propriétaire d'une chaîne d'hôtels boutiques de haut standing situés sur les cinq continents, il pouvait se permettre d'acheter une berline de luxe sans se soucier de son prix. Elle, en revanche, continuait de veiller sur ses dépenses, même si ses affaires marchaient enfin bien, à présent. Après une enfance vécue dans la pauvreté, il lui était difficile de tenir son aisance actuelle pour acquise.

— J'ai pensé que nous pourrions nous installer à l'hôtel le temps que la maison soit prête, dit Jack en ouvrant la voiture.

— Quelle maison ?

— Celle que j'ai commencé à nous chercher. Je t'en ai parlé hier.

— Je sais, mais j'aimerais rentrer dans mon appartement.

Une étincelle de dure détermination brilla dans le regard bleu de Jack.

— Tu vas avoir besoin de repos et d'aide pendant quelque temps. De plus, je tiens à être auprès de Marli autant que possible.

Par conséquent, il serait près d'elle aussi. Harper se savait vulnérable en sa présence en temps ordinaire, mais l'était encore davantage depuis son bouleversement hormonal. Elle s'était d'ailleurs trahie en répondant au baiser de Jack.

— Je ne veux pas vivre avec toi, Jack. Nous ne sommes pas en couple.

— Mais nous sommes les parents de Marli. Je veux savoir ma fille en sécurité, ce qui ne sera pas le cas dans un petit appartement.

Harper s'était déjà souciée du manque d'entretien général de son immeuble. Des voisins bruyants et peu aimables aggravaient le problème. Avoir vécu lorsqu'elle était enfant dans des logements pires que celui-ci lui permettait de supporter ces inconvénients. L'idée de passer quelques jours ou semaines dans un hôtel de luxe était très tentante. Cela lui donnerait le temps de s'adapter à son rôle de mère et de trouver une routine avec Marli plus facilement que dans un studio exigu. La perspective de profiter en contrepartie du mètre quatre-vingt-quinze de la délicieuse masculinité de Jack était à la fois la cerise sur le gâteau et une épée de Damoclès suspendue en permanence au-dessus de sa tête.

Sans partager ses craintes avec lui, elle le regarda

installer Marli dans le siège auto. Il fit cela avec une telle délicatesse qu'il lui fut difficile de retrouver le cynisme qu'elle s'appliquait à cultiver à son égard. Disparu le play-boy mondain, il se comportait en père dévoué.

Une nouvelle inquiétude naquit alors. Resterait-il aussi attentionné ou reprendrait-il sa vie de séducteur si elle ne l'épousait pas ? Ou même s'ils se mariaient ? Comment faire confiance à un homme qu'elle connaissait si peu ?

À ce moment-là, Jack lui ouvrit la portière du passager, puis attacha pour elle la ceinture de sécurité.

— Es-tu bien installée ? demanda-t-il l'air réellement soucieux de son confort.

— Oui, c'est parfait.

Il lui caressa la joue d'un doigt.

— Tu me dirais cela même si c'était faux. Je me trompe ?

— Je n'ai pas l'habitude d'être dorlotée.

— C'est peut-être le moment que quelqu'un le fasse.

Il fit alors le tour de la voiture, s'assit au volant, puis lui lança un regard interrogateur.

— Alors, qu'as-tu décidé ? Ton appartement ou le mien ?

— Tu me donnes vraiment le choix ?

Il lui décocha un petit sourire en coin qui fit s'agiter une nuée de papillons dans son ventre.

— Le kidnapping n'est pas mon modus operandi.

Non, mais le charme létal l'était. Elle allait donc devoir être en permanence sur ses gardes pour ne pas y succomber. Et ne pas craquer sérieusement pour lui !

— Dans ce cas, je m'incline.

Un quart d'heure plus tard, un employé en uniforme les accueillit à une entrée privée située à l'arrière de l'hôtel.

— Bonjour, monsieur Livingstone.

— Bonjour, Ben. Je vous présente ma fiancée, Harper Swan et notre petite fille, Marli. Assurez-vous que seul mon personnel privé s'occupe d'elles dans ma suite et tenez les journalistes à l'écart. Je ferai une déclaration à la presse dans un jour ou deux.

— Certainement, monsieur Livingstone.

Pendant que Ben sortait les sacs de la voiture, Harper demanda à voix basse.

— Que comptes-tu déclarer à la presse ?

— Je souhaiterais annoncer officiellement l'arrivée de Marli et nos fiançailles, répondit Jack. Prendre les devants est préférable à être poursuivi par les journalistes en quête de scoops. C'est la seule manière de contrôler ce qui sera imprimé sur nous.

L'idée d'être pourchassée par des paparazzi en recherche d'une déclaration exclusive sur leur relation terrifia Harper. Que dire quand elle en ignorait la nature ? Jack la présentait comme sa fiancée avant même d'avoir eu la réponse à sa demande en mariage. Sa volonté de refuser faiblissait, ce qui l'inquiétait, car elle avait toujours tenu à rester libre de toute attache sentimentale qui pourrait entraver sa carrière. Pourtant, d'un autre côté, priver Marli de la présence constante de son père lui paraissait une idée odieuse.

Et une fois leurs fiançailles annoncées, quelles seraient les réactions ? Harper était trop différente des maîtresses habituelles de Jack pour que les gens ne se posent pas de questions. En plus, elle était accoutumée à être derrière l'objectif, pas devant. Et elle ne souhaitait pas que son enfant soit la cible de la presse. Mais comment le lui éviter quand son père était Jack Livingstone ? Tout le monde voudrait voir qui étaient la compagne et la fille du célèbre play-boy. Elles feraient les couvertures de magazines.

Protéger sa vie privée allait être un véritable défi…

Il fut difficile à Harper de dissimuler son admiration. La suite-*penthouse* de Jack était impressionnante. Son entrée faisait le double de la cuisine de son appartement, et le salon était plus grand que ses autres pièces réunies. Une épaisse moquette recouvrait les sols, mais le mobilier minimaliste et de design très masculin lui rappela qu'elle venait de pénétrer dans le territoire personnel de Jack. Un endroit où elle n'avait pas de place.

Un petit couinement de Marli arracha Harper à sa contemplation. Elle se pencha sur la nacelle que Jack portait encore.

— Elle doit avoir besoin d'être changée.

— Je m'en charge, répondit-il en posant la nacelle pour en extraire Marli. Peux-tu me donner le sac contenant tout son matériel, s'il te plaît ?

— Le voilà.

Harper le lui tendit, puis lui emboîta le pas, admirative de la facilité avec laquelle il entrait dans son rôle de père alors qu'elle-même avait tant de mal à s'adapter à celui de mère. Ce qui l'effrayait le plus était la responsabilité qui lui était désormais échue. Un engagement à vie, monumental, auquel elle n'était absolument pas préparée. Ce bébé – *son* bébé – était arrivé avec une telle soudaineté que c'en était profondément déstabilisant.

Jack la conduisit jusqu'à sa chambre où trônait un lit king-size. Il y allongea Marli, puis défit un à un les boutons-pression de sa grenouillère.

— C'est papa qui te change aujourd'hui, mon petit cœur. Il va falloir t'y habituer.

Il déchira les côtés de la couche et fit aussitôt une grimace éloquente.

— Hum… Je vais avoir besoin de lingettes.

— D'après l'infirmière, les bébés allaités font beaucoup de cacas, dit Harper en lui tendant la boîte de lingettes.

— C'est bon à savoir.

Il nettoya, changea et rhabilla Marli avec douceur et une étonnante dextérité, puis la reprit contre son torse. Tandis qu'il lui caressait le dos, Harper croisa les yeux de Jack et sentit son cœur fondre.

— Comment te sens-tu ? demanda Jack d'un ton aussi émouvant que son regard.

— Je suis un peu fatiguée.

Elle jeta un œil alentour et, à la vue du lit, une bouffée de chaleur lui monta aux joues.

— Euh... où vais-je coucher ?

— Dans mon lit.

Son pouls s'emballa.

— Crois-tu que cela soit judicieux ?

L'expression imperturbable, Jack répondit :

— Il y a un canapé dépliable dans mon bureau. Je dormirai dessus.

— Ah bon...

Sa propre déception étonna Harper. Elle ne voulait pas coucher avec Jack. Enfin...

De toute manière, la question ne se posait pas si tôt après avoir accouché. Trois ou quatre semaines seraient nécessaires avant tout rapport. Pourtant, elle éprouvait déjà du désir pour lui en cet instant. Comme la veille, des papillons dansaient dans son ventre, chacun de ses nerfs se trouvait sensibilisé.

Soudain, la sonnerie de la porte d'entrée retentit, faisant sursauter Harper.

— Tu attends quelqu'un ?

— Ma mère voulait faire la connaissance de Marli.

Elle lui apporte quelques cadeaux et un couffin qu'elle tenait à tout prix à lui acheter.

Harper se raidit.

— Je ne me sens pas en état d'avoir de la visite. Encore moins celle de quelqu'un qui me prend pour une croqueuse de diamants.

— Ne t'inquiète pas. Ma mère t'adorera une fois qu'elle aura appris à te connaître.

Et, Marli toujours pressée contre son torse, il alla ouvrir.

Une femme en fin de cinquantaine, grande et élégamment vêtue, entra. Derrière elle, un employé poussait un chariot d'hôtel où étaient entassés de nombreux cadeaux et un magnifique couffin rose et blanc.

— Ciel, Jack, elle est si mignonne.

Liz Livingstone posa son sac au sol et lui prit Marli des bras.

— Comme tu es belle, ma petite princesse. Tu as les yeux bleus de ton père et beaucoup de cheveux. J'ai attendu si longtemps ce moment que je peine encore à y croire. Je suis enfin grand-mère.

Jack plaça une main sur l'épaule de sa mère pour lui faire tourner la tête.

— Maman, je te présente ma fiancée, Harper Swann. Harper, je te présente ma mère.

Harper inclina le visage sans sourire. Elle était consciente de faire preuve d'impolitesse, mais pas prête à pardonner d'avoir été traitée de vénale.

Liz la toisa d'un regard évaluateur.

— Vous n'êtes pas telle que je vous imaginais.

Harper soutint son regard avec hauteur.

— Comme vous le voyez, je ne suis ni blonde ni mannequin, donc mon style est très différent de celui des petites amies habituelles de votre fils.

— Mais vous avez une beauté naturelle.

Même si ce compliment avait été fait sans réticence, Harper ne se serait pas laissé fléchir. Elle ne voulait se rapprocher ni de Jack ni de sa mère, laquelle, par sa présence, lui rappelait l'absence de la sienne. Marli n'aurait donc qu'une grand-mère au lieu de deux. Liz Livingstone, visiblement très protectrice envers son fils et souhaitant le meilleur pour lui, intensifiait son sentiment d'être seule au monde sans personne pour se préoccuper de son bien-être.

C'était là l'histoire de sa vie…

Marli poussa un petit gémissement, fournissant à Harper l'excuse parfaite pour la prendre à Liz.

— Je vous prie de m'excuser, je dois la nourrir.

Liz hésita, comme si elle ne voulait pas la lui donner puis, lèvres pincées, la lui tendit.

— Vous l'allaitez ?

— Oui.

— Vous allez devoir la peser régulièrement pour vous assurer qu'elle ne perd pas de poids. Ce ne serait pas mal de lui donner le biberon une ou deux fois par jour. Cela permettrait à Jack de la nourrir aussi.

Sa fille pressée contre sa poitrine, Harper décocha à Liz un regard plein de défi.

— Je tiens à être la seule à la nourrir. Et je ne veux pas que trop de personnes s'occupent d'elle.

— Mais je suis sa grand-mère.

Sa flèche avait atteint son but, madame Livingstone était offusquée.

Jack intervint aussitôt.

— Maman, ne le prends pas mal, mais nous cherchons tous les deux à nous familiariser avec cette naissance inattendue.

Liz soupira ostensiblement, tourna les talons et se mit à fouiller dans ses paquets.

— Tous les vêtements sont en coton organique. C'est meilleur pour la peau des bébés. J'ai aussi acheté des jouets aux normes de sécurité homologuées. Il faut faire attention aux perles, piles et autres objets minuscules avec les tout-petits.

Elle sortit alors une combinaison rose à froufrous.

— N'est-ce pas adorable ? Il me tarde de la lui mettre.

— Nous avons déjà assez de vêtements roses, intervint Harper. Je veux qu'elle porte d'autres couleurs.

— Lesquelles ? demanda Liz en levant les yeux au ciel. Du noir, peut-être ?

La tension entre elles était devenue palpable.

— Laissons Harper nourrir Marli en paix, maman, et descendons boire un cocktail au bar de l'hôtel. Elle a besoin de repos après avoir accouché et sera certainement heureuse de te voir dans quelques jours.

— Mais je veux passer plus de temps avec ma petite-fille afin d'établir des liens.

— Tu feras ça plus tard, ce n'est pas le bon moment maintenant.

Harper s'éloigna vers la chambre. Jack avait parfaitement raison. Le moment ne pouvait pas être plus mal choisi. Elle s'abstint cependant d'enflammer l'ambiance en le leur faisant remarquer et ferma la porte avec un peu plus de force que nécessaire.

6

Jack déploya des trésors de diplomatie pour convaincre sa mère de comprendre Harper et la ramener à de meilleurs sentiments envers elle. Une animosité entre les deux femmes était la dernière chose qu'il voulait. Elle nuirait à sa relation avec Harper, et à Marli.

Lorsqu'il remonta une heure plus tard, il trouva Harper agenouillée devant la nacelle en train de bercer leur fille.

— Ta mère me déteste, dit-elle sans le regarder.

— Tu n'as pas franchement cherché à la charmer.

— Pourquoi le devrais-je ? Elle est persuadée que je cours après ton argent.

Jack se passa une main dans les cheveux, puis s'approcha d'elle.

— Maintenant que tu es une maman, tu sais combien les mères sont protectrices envers leurs enfants. Elle veut simplement ce qu'il y a de mieux pour moi.

Harper émit un petit ricanement.

— De toute évidence, ce n'est pas moi.

Elle se leva pour lui faire face, le défiant du regard.

— J'imagine sans peine le genre de femme qu'elle souhaite te voir épouser. Une d'origine aristocratique qui sait évoluer dans les milieux que tu fréquentes sans t'embarrasser.

— Tu ne m'embarrasses pas.

— Pour l'instant. Tu risques cependant de l'être lorsque les journalistes se mettront à fouiller mon passé.

Jack soupira.

— Tu n'as aucune raison d'en avoir honte. Tu as eu une vie difficile, tu as été ballottée de foyer en familles d'accueil, mais tu t'en es brillamment sortie. Tu es une femme d'affaires couronnée de succès, maintenant.

Harper ramassa la petite couverture de Marli, la plia soigneusement, puis la serra contre elle.

— Je ne suis pas certaine d'arriver à atteindre les buts que je me suis fixés tout en prenant soin d'un bébé.

Jack lui enleva la couverture qu'il posa sur le canapé. Ensuite, il lui prit les mains, secrètement heureux qu'elle ne les lui retire pas.

— Il doit être délicat pour un parent, qu'il s'agisse d'un père ou d'une mère, de trouver un équilibre entre être efficace à son travail et être présent pour son enfant. A priori, il me semble impossible de faire les deux correctement.

Harper leva vers lui, le regard soucieux.

— Qu'a choisi ta mère ? Elle travaillait ou elle est restée à la maison pour s'occuper de toi ?

— Elle est restée à la maison mais, parfois, je souhaiterais qu'elle ne l'ait pas fait.

— Pourquoi ?

Jack lui lâcha les mains et recula.

— La maladie de Parkinson de mon père est apparue quand j'étais enfant. Maman n'a donc pas eu l'occasion de reprendre sa carrière d'architecte parce que papa avait besoin de soins qui sont très vite devenus de plus en plus importants.

— Elle aurait voulu reprendre son métier ?

— D'après ses dires, non. Pourtant, elle n'a pas eu une vie facile avec mon père. Il n'a pas été toujours difficile, mais l'est devenu avec la maladie. Même si elle refuse encore de le reconnaître, ça lui a été pénible. Si elle avait engagé quelqu'un pour pouvoir reprendre son travail, elle aurait au moins pu décompresser dans la journée. Hélas, papa refusait que quiconque d'autre qu'elle prenne soin de lui.

— Je suis vraiment désolée d'entendre ça.

Jack préférait ne pas penser à combien certaines périodes avaient été difficiles, aux sacrifices que sa mère et lui avaient dû faire, puis à son dur travail pour remettre leur société à flot après la mauvaise gestion de son père.

— Comme j'étais déjà pensionnaire, je ne me suis pas rendu compte à quel point la situation devenait pesante pour maman. Sinon, j'aurais peut-être réussi à convaincre papa d'accepter la présence d'un soignant professionnel. En plus, les affaires ont commencé à péricliter, et ma mère se reprochait de ne pas garder un œil dessus, mais ce n'était pas son domaine d'expertise. De toute manière, mon père avait du mal à déléguer ses pouvoirs. Il refusait d'accepter ses limites.

— J'ai lu quelque part que tu avais redressé votre société pour l'amener à son état actuel. As-tu toujours voulu entrer dans les affaires familiales ?

Jack considéra cette question, étonné. Personne ne le lui avait jamais demandé. Même pas sa mère. Il était évident pour tout le monde que, comme son père avant lui, il prendrait les rênes de leur entreprise hôtelière. Aussi, à la mort de celui-ci, il avait enfoui ses propres rêves pour redorer le blason de Livingstone Hotels et rendre hommage à l'héritage de son grand-père et de son père. Il ne se souvenait pas de la dernière fois où il avait tenu ses pinceaux et son matériel d'aquarelliste. Cette partie de sa vie était reléguée aux oubliettes...

— Je n'aurais jamais gagné autant d'argent avec un autre métier.

— D'accord, mais était-ce celui que tu voulais faire ?

Jack lui indiqua par un petit sourire que le sujet était clos.

— Je vais nous commander un dîner. Qu'est-ce qui te ferait plaisir ?

Assise à table avec Jack, Harper ne parvenait pas à s'intéresser à sa nourriture. Son esprit revenait sans cesse sur ce que Jack lui avait confié de son passé. Elle avait toujours envié les gens nés dans l'aisance. Ils mangeaient à leur faim, dormaient sous des édredons douillets. Visiblement, ils se trouvaient confrontés à des problèmes d'ordre moins matériel. Le refus de Jack de discuter de son choix de carrière en était la preuve.

Elle se demanda si, comme sa mère, il avait dû renoncer à son métier souhaité à cause des responsabilités qui pesaient sur ses épaules pendant la maladie de son père, puis après son décès. En tout cas, il avait fait de Livingstone Hotels un remarquable succès. La prolifération de leurs établissements témoignait de son dur labeur. Sa société faisait partie des plus rentables au monde, et seuls les riches et célèbres avaient les moyens de s'offrir des séjours dans ces propriétés.

Harper trouvait donc ironique de vivre dans l'une d'elles avec Jack après avoir si souvent bataillé pour s'assurer d'avoir assez à manger et un toit au-dessus de la tête. Certes, elle n'était plus pauvre, mais elle n'évoluait pas dans les mêmes milieux que lui. S'il continuait à insister pour l'épouser dans l'intérêt de Marli, parviendrait-elle à s'intégrer dans son monde de luxe haut de gamme avec personnel en uniforme et jets privés ?

— Tu n'as presque rien mangé, s'inquiéta Jack. Veux-tu un plat différent ? Un dessert, peut-être ?

— Non, ça me suffit. Comment arrives-tu à vivre en permanence à l'hôtel ? Tu n'étouffes pas ?

Jack posa ses couverts.

— Je voyage tellement que je ne passe guère plus de deux ou trois nuits au même endroit.

Harper prit son verre d'eau pour s'occuper les mains.

— C'est pour cette raison que tu te limites à de courtes relations.

— Ne pas m'engager me convenait.

— Mais maintenant ?

Elle trouva sa manière déterminée de la fixer dérangeante.

— Nous avons une fille à élever. Le problème d'engagement ne se pose plus.

Harper baissa les yeux vers son verre où les glaçons fondaient lentement dans l'eau gazeuse. Sa résolution de résister à Jack en ferait-elle de même jusqu'à ce qu'elle ne puisse plus vivre sans lui ? Ne dépendre de personne avait toujours été son obsession. Bien sûr, elle avait besoin de ses amies et les aimait, mais aimer un homme au sens romantique n'avait jamais été au programme. C'était la raison pour laquelle sa nuit avec Jack l'avait perturbée. Captivée par son charme et sa beauté, elle avait délaissé son travail pour voler quelques heures de passion torride entre ses bras.

Levant les yeux de son verre, elle demanda :

— Tu n'as pas grandi dans un hôtel, n'est-ce pas ?

— Non, nous possédions une maison dans le Buckinghamshire.

Il prit alors son verre de vin puis, au lieu de le porter à ses lèvres, lui imprima une légère rotation et contempla quelques secondes le liquide bordeaux qui tournoyait contre les bords.

— C'est la première chose que nous avons dû vendre après le décès de mon père. La quitter a brisé le cœur de ma mère.

Il but une gorgée. Lorsqu'il reposa son verre sur la table, bien que son expression soit impénétrable, Harper sentit que lui aussi regrettait d'avoir perdu la maison familiale.

— As-tu essayé de la racheter depuis ?

— Non, une fois que j'ai dit au revoir, je ne reviens jamais en arrière.

— Cette règle s'applique aussi aux personnes ?

Les yeux de Jack accrochèrent ceux de Harper, lui provoquant un frisson dans le dos.

— Je n'ai pas eu l'occasion de te dire au revoir. Tu avais quitté ma chambre avant mon réveil. Pourrais-je savoir pourquoi ?

Harper sentit un afflux de sang brûlant lui monter aux joues. Ce matin-là, elle s'était comportée comme une femme légère pour qui passer la nuit en compagnie d'un étranger, puis le quitter sans un regard, était habituel. Elle était encore choquée de s'être laissé distraire de ses responsabilités pour succomber à la passion. Une passion qui lui avait fait découvrir des délices jamais ressentis auparavant.

Avant Jack Livingstone, il lui était souvent arrivé de feindre l'orgasme pour en finir au plus vite. Lui l'avait éveillée à un monde de plaisir si addictif qu'elle avait préféré partir avant d'en devenir l'esclave. Sa mère s'était éprise d'un homme qui ne lui était pas destiné, avait multiplié les promesses pour ne jamais les tenir. Jack lui garantissait tout sauf de l'aimer. Accepter la richesse et la stabilité revenait à tirer un trait sur le plus important, l'amour.

Elle baissa les yeux vers la nappe blanche pour échapper à ceux inquisiteurs de Jack.

— Répéter l'expérience ne m'intéressait pas.

— Pourquoi ?

Parce qu'il lui avait fallu un énorme effort de volonté pour quitter la pièce quand sa seule envie était de rester lovée dans les bras de Jack et qu'il lui en fallait un encore plus grand pour le garder à distance désormais. Faute de pouvoir l'avouer sans lui révéler son irrésistible attirance pour lui, elle se résigna à la nier.

— Parce que je n'en avais plus envie.

— Tu mens.

Harper releva les yeux.

— Il t'est difficile de croire qu'une femme puisse te dire non, n'est-ce pas ?

— Une lueur brûlante traversa le regard bleu de Jack.

— Tu n'as pas dit non, ce soir-là. Tu me voulais autant que je te voulais.

Un brusque désir enflamma le ventre de Harper. Pourquoi était-elle si sensible au charme de Jack !

— C'était une erreur de ma part.

Jack jeta un coup d'œil vers le couffin dans lequel dormait Marli.

— Tu veux que notre fille se voie comme le résultat d'une erreur ?

— Bien sûr que non. Ce n'est pas ce que je voulais dire.

Un long silence suivit sa réponse.

— Si tu avais découvert ta grossesse plus tôt, m'aurais-tu averti ou aurais-tu choisi d'y mettre fin ?

— Je t'en aurais parlé et t'aurais laissé le choix de t'impliquer ou non.

Le regard de Jack dériva de nouveau vers leur fille. Son expression de tendre admiration serra le cœur de Harper. Il aimait vraiment Marli. Pourrait-il tomber amoureux d'elle un jour ?

— Je ne peux pas imaginer de ne pas m'impliquer maintenant qu'elle est là.

Jack ramena les yeux sur Harper. Son air était devenu sérieux.

— Je ne t'aurais certainement pas demandé d'avorter. Une femme est libre de faire ce qu'elle souhaite.

— Mais tu as fait pression sur moi pour que je t'épouse.

La bouche de Jack se serra en une fine ligne.

— C'est la meilleure solution possible dans notre situation. Un mariage vous offrira, à Marli et toi, sécurité et stabilité.

Deux mots omniprésents à l'esprit de Harper, plus encore depuis qu'elle avait la responsabilité d'un bébé. Mais épouser un quasi-étranger était-il la meilleure solution pour elle ? Un homme envers qui elle refoulait ses sentiments par désir de se protéger et dont le seul regard lui mettait le corps en feu. Épouser Jack donnerait à Marli une famille stable et aimante, mais soumettrait Harper à une constante tentation à laquelle elle n'était pas sûre de résister.

Or, elle suspectait Jack de le savoir.

Deux jours plus tard, Aerin et Ruby vinrent faire la connaissance de Marli.

Aerin fondit aussitôt à la vue du bébé.

— Elle est trop mignonne !

Ruby eut un sourire attendri.

— Oui, adorable. Tu me rends envieuse. Mais comment te débrouilles-tu ? Ce doit être un tel bouleversement de vie.

Harper haussa les épaules, incertaine de vouloir avouer ses peurs à ses amies. La peur de mettre sa carrière en péril. La peur de ne pas être une bonne mère. La peur de ne jamais être aimée du père de Marli. Révéler ses doutes les inquiéterait. Les gens s'attendaient à voir une jeune maman heureuse, voire euphorique ; or elle était la proie d'émotions conflictuelles. Certes, elle adorait son bébé, mais elle craignait aussi de se retrouver submergée comme sa propre mère, surtout sans un homme amoureux à ses côtés.

— Je m'en sors.

Ruby lui passa un bras autour des épaules.

— Pas plus ?

Harper soupira.

— Je ne suis pas sortie de l'hôtel depuis mon arrivée ici. Je suis si désorganisée que je n'ai pas encore pris ma douche. Pour ne rien arranger, je crains de mal m'occuper de ma fille. Je m'inquiète qu'elle ne tète pas assez, puis qu'elle dorme trop ou trop peu. Je n'imaginais pas avoir autant de soucis.

— Ma pauvre chérie, s'exclama Aerin, tu n'as pas eu le temps de te préparer à la maternité. La plupart des femmes ont neuf mois pour apprendre et s'organiser en vue l'arrivée du bébé. Toi, tu as été projetée dedans sans notice explicative. Ce n'est pas étonnant que tu perdes pied. Tout le monde en ferait autant dans ton cas.

— Jack ne t'aide pas ? demanda Ruby.

— Si, mais il est parti très tôt ce matin pour une réunion professionnelle à Édimbourg, et j'ignore à quelle heure il rentrera. Il ne me l'a pas dit.

Ce qui donnait une idée de leur relation. Un arrangement où lui continuait à travailler normalement. Ce n'était pas un partenariat équilibré.

— J'ai une idée, déclara Aerin. Va prendre une douche. Dès que tu seras prête, on part se promener. Il fait un temps splendide. Un peu d'air frais fera du bien à cette petite puce. Ensuite, on ira déjeuner quelque part, puis on s'occupera de Marli pendant que tu te feras faire les ongles ou ira chez le coiffeur. Tu te sentiras toute neuve après.

Une heure plus tard, tout en déjeunant à la terrasse d'un café avec ses amies, Harper avait presque l'impression d'être revenue à sa vie normale. L'arrivée de sa fille modifiait cependant la dynamique de leur relation. Aerin et Ruby devaient faire face seules aux mariages prévus dans les semaines suivantes et, en plus, lui trouver une remplaçante habituée aux exigences élevées de leur clientèle.

Les femmes qui passaient à côté d'elles s'arrêtaient pour lui dire combien Marli était mignonne. Ces compliments procuraient une étrange fierté à Harper. C'était son corps qui avait fabriqué cette petite merveille ! Même si sa grossesse avait été une immense surprise, elle aimait sa fille aussi profondément que si elle avait attendu sa naissance pendant neuf mois.

Elles venaient de régler l'addition et s'apprêtaient à partir lorsqu'une jeune personne se précipita vers leur table. En reconnaissant Clara Tenterbury, au mariage de laquelle elle avait passé la nuit avec Jack, Harper se figea avant d'afficher un pauvre sourire.

— Quel adorable bébé ! C'est une petite fille, n'est-ce pas ? Quel âge a-t-elle ?

Encore stupéfaite de la malchance ayant voulu que Clara soit dans le même café qu'elles, et certainement pas préparée à répondre à des questions, Harper serra Marli dans ses bras avant de bredouiller :

— Eh bien...

— C'est Marli Elizabeth Susannah Swan-Livingstone, intervint Aerin avec le sourire d'une tante fière. Elle a presque une semaine et c'est un véritable amour.

Clara écarquilla les yeux.

— Livingstone, comme Jack Livingstone ?

Aerin se mordit la lèvre, consciente d'avoir fourni trop de détails. Harper, quant à elle, songeait aux dizaines de milliers d'abonnés aux réseaux sociaux de la jeune femme. Ce fait, qui les avait enchantées lorsqu'elle s'était répandue en compliments sur la manière dont elles avaient organisé son mariage avec Hugh Tenterbury, se révélait soudain être un potentiel cauchemar.

— Comment allez-vous, Clara ? Vous aimez la vie de jeune mariée ?

— C'est merveilleux, répondit-elle tout en plaçant une main sur son ventre. J'ai moi aussi une bonne nouvelle. Nous attendons un enfant. Hugh crève de fierté. Jack aussi, j'imagine.

Une fois les félicitations d'usage prodiguées, Ruby enchaîna sur la lune de miel de Clara et Hugh, puis annonça son prochain mariage avec Lucas Rothwell. Dix minutes plus tard, Clara s'éloignait en leur adressant un baiser aérien.

Harper poussa un profond soupir.

— Merci de ton intervention, Ruby. Je ne m'en serais jamais sortie sans toi.

— Je t'en prie. J'ai bien vu que tu avais momentanément perdu l'usage de la parole.

— Et moi, j'ai fait une sacrée gaffe, murmura Aerin, une grimace à l'appui. Je suis désolée.

— Ce n'est pas grave. L'information a détourné la conversation, et ça m'a évité de passer pour une idiote en expliquant ma grossesse cryptique.

Ces mots prononcés, Harper envia Clara de profiter pleinement de la sienne.

L'air mélancolique, Ruby regarda Marli.

— Un véritable petit ange. Je me demande encore comment aucune d'entre nous n'a suspecté que tu étais enceinte.

Levant les yeux vers Harper, elle ajouta :

— Tu n'as pas pensé un seul instant pouvoir l'être ?

Sur le point de répondre non, Harper se ravisa. L'idée lui avait traversé l'esprit plusieurs fois, mais trop vite pour s'implanter.

— J'y ai pensé quand j'ai eu deux jours de retard le premier mois. Puis j'ai trouvé ma poitrine plus sensible. Je ne me suis pas inquiétée, car cela m'arrivait parfois avant mes règles. Celles-ci étaient moins abondantes aussi.

Fronçant soudain les sourcils, elle poursuivit :

— J'ai peut-être écarté ces pensées par peur. Je me sens franchement idiote, maintenant.

— Le déni est un outil puissant pour refuser de voir ce qui dérange, dit Ruby. Mais tout est bien qui finit bien. Marli est parfaite, et Jack et toi allez être de merveilleux parents. Tu as de la chance qu'il veuille participer aux soins. Le choc a dû être aussi important pour lui que pour toi.

— Oui, mais que se passera-t-il quand l'attrait de la nouveauté s'estompera ? demanda Harper. Marli est facile, maintenant. En grandissant, elle va tenir de plus en plus de place, faire du bruit, envahir l'espace avec ses jouets. Jack risque de ne plus avoir envie de s'investir autant avec un petit diable.

— Les mères aussi éprouvent des sentiments ambivalents envers leurs enfants, répliqua Ruby, j'en parle par expérience. Jack pourrait bien s'avérer être un père extraordinaire pour cette petite puce. Tu dois lui laisser la chance de faire ses preuves.

— En l'épousant ? demanda Harper. Comment le pourrais-je quand il ne m'aime pas et ne croit même pas à la notion d'amour durable ?

Ruby sourit.

— Les play-boys disent toujours ça jusqu'au jour où ils tombent amoureux. Demande à Lucas.

— Et à mon père, intervint Aerin, un large sourire aux lèvres. Tu aurais dû entendre le speech sentimental qu'il a fait à leur anniversaire de mariage ce week-end. Nous avions tous la larme à l'œil, lui compris.

Harper craignait cependant de perdre espoir d'être un jour aimée de Jack. L'indifférence pourrait transformer leur mariage en un arrangement froid où tous les deux souffriraient sous les yeux de leur fille...

7

À son retour à Londres, Jack trouva le *penthouse* très silencieux. Il parcourut les pièces, s'efforçant d'enrayer la panique qui montait. Personne. Harper ne serait tout de même pas partie sans l'avertir ? Son absence lui rappela le petit matin, neuf mois plus tôt, où il s'était réveillé dans un lit vide avec pour seule trace d'elle la marque de sa tête sur l'oreiller. Il ne s'était pas attendu à ce qu'elle s'esquive, ni à l'époque ni ce jour. De plus, il lui proposait désormais bien plus qu'une simple aventure. Il lui offrait le mariage accompagné d'un avenir stable pour elle et leur enfant. Pourquoi être partie sans rien lui dire ? Marli était sa fille. Il avait le droit de savoir où elle était et si elle était en sécurité.

Sa tension atteignait un niveau difficilement supportable, quand Jack entendit la porte d'entrée s'ouvrir et vit Harper, Marli sanglée contre sa poitrine dans le porte-bébé.

— Oh ! tu es déjà rentré, dit-elle tout en refermant la porte.

— Où diable es-tu allée ? Je me suis inquiété. Tu ne m'avais pas parlé de sortir.

Elle haussa les sourcils avec hauteur.

— Suis-je censée te tenir au courant de mes moindres faits et gestes ?

— Non, bien sûr, mais je m'attendais à te trouver à mon retour. Tu ne m'as pas appelé ni envoyé de message.

Elle détacha le porte-bébé, puis serra Marli dans ses bras.

— Je suis sortie déjeuner avec Aerin et Ruby. Ensuite, elles ont gardé Marli le temps que j'aille chez le coiffeur et me fasse faire une manucure. Je ne pensais pas devoir te fournir à l'avance mon emploi du temps détaillé. Jusque-là, j'ai toujours été autonome.

Jack se retint d'arpenter le salon pour évacuer sa frustration. Ravaler sa panique lui était difficile. Se soucier de la sécurité de Marli et Harper était une nouvelle responsabilité qu'il prenait très au sérieux.

— Et si des paparazzi t'avaient vue ?

Elle darda sur lui un regard à la dureté d'acier. Ses joues rosirent cependant, lui indiquant qu'elle avait dû envisager cette éventualité.

— C'est donc cela qui t'inquiète ? Tu as peur que je parle à la presse ?

— Ne sois pas ridicule, je ne voulais pas dire ça. Je veux faire une déclaration selon mes termes.

Jack se massa le cou où la tension ne cessait de croître depuis l'instant où il avait quitté l'hôtel au petit matin. Sa réunion de direction s'était bien passée, mais il n'était pas arrivé à lui accorder toute son attention tant il avait envie de rentrer pour retrouver Harper et Marli. Cela ne lui ressemblait pas. En temps normal, il se concentrait totalement sur son travail. Cette fois, il avait même écourté les débats afin d'aller acheter une bague de fiançailles chez un bijoutier exclusif dont lui avait parlé un collègue.

Harper coucha leur fille dans le couffin, la borda, puis se tourna vers lui, les yeux encore brillants de colère.

— Je suis coincée dans cet hôtel depuis trois jours. J'ai eu besoin de prendre l'air. Désolée si tu n'approuves pas, mais je ne peux pas rester cachée ici comme ton sale petit secret.

Jack poussa un profond soupir.

— Tu ne te vois tout de même pas comme ça ?

— Je ne peux qu'imaginer ce qu'imprimeront les journalistes une fois notre liaison révélée. Ta mère me prend déjà pour une croqueuse de diamants. Les autres présumeront la même chose.

Il lui souleva le menton.

— Pas une fois que nous aurons officialisé notre relation.

Jack sortit alors un écrin de sa poche et le lui tendit.

— J'espère qu'elle t'ira. J'ai dû deviner la taille de ton doigt.

Après une seconde d'hésitation, Harper prit la boîte tapissée de velours bordeaux comme si elle présentait un danger. Elle souleva le couvercle avec précaution, puis écarquilla les yeux devant le diamant princesse.

— Ça a dû te coûter une fortune. C'est beaucoup trop pour un engagement dénué de sentiments.

Jack sortit la bague et la lui passa au doigt, soulagé de voir qu'elle lui allait à la perfection. Était-ce un signe ? À vrai dire, beaucoup de choses en Harper lui convenaient à la perfection. À commencer par son intense sensualité. Aucune de ses maîtresses précédentes ne l'avait autant attiré ni comblé.

— Nous aimons notre bébé, c'est tout ce qui importe pour l'instant.

Il lui prit alors la main, porta le diamant à ses lèvres,

puis lui baisa tour à tour chacun des doigts. Il la vit déglutir tandis qu'un voile assombrissait son regard gris-vert.

— Le mariage est un énorme pas.

Jack lui caressa la joue.

— Nous formerons un bon couple.

Comme elle s'humectait les lèvres du bout de la langue, le désir fusa dans sa virilité. Était-ce son imagination ou s'était-elle penchée vers lui ? Lui plaçant une main sur la hanche, il la rapprocha de lui. Au contact de leurs pelvis, son corps s'enflamma. Harper retint son souffle, le regard fixé sur la bouche de Jack.

— Jack...

Son murmure rauque le fit frissonner. Baissant lentement les lèvres, il les avança vers celles de Harper, lui laissant la chance de reculer si elle ne voulait pas aller au-delà. Au lieu de cela, elle approcha imperceptiblement la bouche comme attirée à lui par une force invisible, la même qui le poussait vers elle. Leurs lèvres s'effleurèrent en un, puis deux, puis trois baisers à la délicatesse aérienne. Loin d'apaiser sa soif de sensualité, ce contact l'attisa avec férocité.

La bouche de Harper revint sur la sienne, brûlante. Elle ouvrit les lèvres, leurs langues s'enlacèrent en une danse follement érotique. Jack savait ne pas pouvoir aller plus loin pendant quelque temps, mais devoir se limiter à des baisers et caresses accrut l'intensité de ce rapprochement. Un sentiment bouleversant lui étreignit la poitrine. Il n'avait jamais éprouvé cela avec quiconque. Elle lui enroula les bras autour du cou, et il sentit ses seins se presser contre son torse.

Délaissant la bouche de Harper, Jack traça un chemin de baisers brûlants de la gorge de la jeune femme à l'échancrure de son corsage. Les soupirs haletants de

Harper le firent frémir de joie. L'alchimie entre eux le sidéra autant que neuf mois plus tôt. Comment un simple baiser, une caresse et des murmures de plaisir pouvaient accélérer son pouls ? Il l'ignorait, mais l'effet était saisissant.

Jack remonta poser les lèvres au creux du cou de Harper, titillant de la langue sa peau soyeuse.

— Tu as un goût délicieux. Je crains d'être accro à toi, susurra-t-il.

Harper lui releva la tête, effleura sa joue, lissant sa fine repousse de barbe de fin de journée avant de lâcher en un soupir, mais les yeux assombris de désir :

— Nous ne devrions pas faire ça.

— Ce sont seulement des baisers. Il est encore trop tôt pour aller plus loin.

Ses pommettes rosirent, elle baissa le regard sur la bouche de Jack, puis suivit du bout des doigts le contour de ses lèvres. Chaque nerf de Jack réagit à son toucher sensuel rendant son désir à la limite du supportable. Il se souvint de ces mêmes doigts sur son corps des mois plus tôt, des délices que lui avaient procurés les lèvres et la bouche de Harper, l'emmenant au-delà du plaisir.

— Personne ne m'a jamais aussi bien embrassée, murmura Harper d'un air rêveur.

Jack lui prit la main, déposa un baiser à l'intérieur de sa paume tout en lui taquinant la peau de la langue.

— Moi non plus.

Et il reprit possession des lèvres de Harper.

Embrasser Jack était dangereux. Harper en était consciente, même si elle ne parvenait pas à lui résister. Cet homme suscitait en elle un besoin assez fort pour annihiler toute velléité de réflexion. La bouche de Jack appelait la sienne et le ballet de leurs langues faisait danser son sang dans ses veines. Il lui semblait impossible de ressentir du désir si peu de temps après avoir donné naissance, pourtant, Jack Livingstone avait le pouvoir d'éveiller son corps. Et de lui perturber l'esprit !

Jack se sépara finalement d'elle avec un soupir contrit.

— Je ferais bien d'arrêter avant de me laisser emporter. En outre, tu as besoin de repos. Pourquoi n'irais-tu pas t'allonger pendant que je surveille Marli ?

— Volontiers.

Avoir laissé Jack mettre un terme à leur baiser dépita Harper. Elle aurait dû être la première à arrêter. Ou mieux encore, le tenir d'emblée à distance pour lui montrer qu'elle était capable de lui résister.

Hélas, elle n'avait pas assez de volonté pour cela.

Elle ne l'avait d'ailleurs jamais eue.

L'aurait-elle un jour ?

Le surlendemain, ils prenaient leur petit déjeuner lorsque la réception appela Jack pour l'informer que sa mère désirait monter.

En l'entendant accepter, Harper posa sans ménagement sa tasse sur sa soucoupe.

— Enfin, il est à peine sept heures et demie. Ne pourrait-elle pas attendre une heure raisonnable ?

— Sois indulgente. Elle n'a pas vu Marli depuis notre retour de l'hôpital. Ça fait des années qu'elle attend d'être grand-mère. Remplir enfin ce rôle compensera tous les sacrifices qu'elle a dû faire pour mon père. Ça va lui donner de nouveau un but dans la vie.

Harper comprenait que Jack veuille voir sa mère

participer à la vie de Marli. Même sans avoir eu de relations avec sa propre grand-mère, elle connaissait l'importance d'une telle présence auprès des petits-enfants. Ruby adorait sa mamie Beatrice qui l'avait élevée à Rothwell Park où elle était gouvernante de la famille de Lucas. Aerin, qui avait la chance d'avoir encore ses quatre grands-parents, parlait du bonheur d'être gâtée par ceux de cette génération. Elle trouva cependant odieux que Liz Livingstone se permette d'arriver sans prévenir à une heure aussi matinale, alors qu'elle était toujours en peignoir et pas au mieux de sa forme après s'être levée trois fois dans la nuit pour nourrir Marli.

— Enfin, regarde, je ne suis pas habillée pour recevoir de la visite.

Jack regarda discrètement sa montre.

— Ce n'est pas grave. Profites-en pour la mettre au travail. Je dois partir à une réunion sous peu. Maman peut s'occuper de Marli pendant que tu te douches ou que tu retournes te coucher une heure ou deux.

Quand Jack fit entrer sa mère, Harper fulminait. La dernière chose dont elle avait besoin était de bavarder avec cette femme, même si elle était une grand-mère dévouée.

— C'est vous qu'on doit remercier pour ceci, j'imagine, rétorqua Liz d'un ton suintant de désapprobation en lançant un tabloïde sur la table devant Harper.

Un coup d'œil à la couverture glaça le sang de Harper. C'était une photo d'elle avec Marli, prise dans le café le jour de son déjeuner avec Aerin et Ruby. La manchette la frappa avec la force d'une gifle :

La photographe de mariage, ex-enfant de foyer

d'accueil, Harper Swan, a un enfant d'amour secret avec le milliardaire Jack Livingstone.

Elle parcourut rapidement l'article, horrifiée par les détails – la plupart inventés – sur Jack et elle. Clara Tenterbury ne pouvait tout de même pas avoir fourni à la presse ces informations sensationnalistes ! Sa lecture terminée, elle s'adressa à Jack.

— Tu ne crois pas un instant que je sois à l'origine de cette publication, n'est-ce pas ?

— Ah bon ? répondit-il, son regard bleu soudain dur et cynique.

— Je t'avais averti, mon chéri. C'est exactement ce que je te disais...

Jack interrompit Liz d'un ton sec.

— Je t'en prie, maman, laisse-moi gérer ce problème. Va plutôt voir Marli, elle est dans ma chambre et ne devrait pas tarder à se réveiller.

Sa mère quitta le salon, lèvres pincées et tête haute.

Harper repoussa le magazine, soudain nauséeuse. Des milliers de personnes allaient lire cet article et se faire un tas d'idées fausses à son sujet. Elle se leva, le cœur serré de détresse.

— Je n'ai pas fait ça, Jack. En aucun cas je ne parlerais à la presse.

— De toute évidence, quelqu'un l'a fait. Une de tes amies, peut-être.

— Non, Aerin et Ruby ne me trahiraient pas de la sorte.

Elle humecta ses lèvres soudain sèches avant de poursuivre :

— Alors que nous finissions de déjeuner l'autre jour, Clara Tenterbury est venue vers nous. Je sais que tu es ami avec Hugh, mais je ne vois pas qui d'autre aurait pu faire ça. Elle était fascinée de me voir tenir un bébé. Je ne lui ai rien dit de notre relation, en revanche Aerin a donné le nom complet de Marli. Clara a fait le rapprochement avec toi et... voilà le résultat, j'imagine.

Jack saisit la revue qu'il lança dans la corbeille à papier. Son visage était sombre et deux rides de stress lui encadraient la bouche.

— Je voulais attendre d'avoir arrêté la date du mariage pour faire une déclaration.

Il se passa la main sur la figure, poussa un profond soupir avant d'ajouter :

— Grands dieux, quel gâchis.

— Tu me crois ? demanda Harper en s'efforçant de dissimuler son besoin d'avoir la confiance de Jack.

Après avoir tant souffert des mensonges de son père, elle en était devenue franche au point d'en être parfois brutale. La seule personne à qui elle mente était elle-même, mais mieux valait ne pas y penser en cet instant. Ses sentiments pour Jack manifestaient de plus en plus fort leur désir de sortir de son cœur où elle les avait refoulés.

Il s'approcha d'elle, lui prit la main gauche, à laquelle il avait glissé le diamant le jour de sa sortie avec ses amies, accrocha son regard et lui adressa un petit sourire.

— Si tu me dis que tu n'as rien fait, je te crois, bien sûr. N'importe qui aurait pu prendre cette photo et surprendre votre conversation avec Clara. Je vais envoyer ma déclaration aujourd'hui.

Les yeux de Harper s'embuèrent et deux larmes roulèrent le long de ses joues. Jack les essuya du bout des doigts, tandis que l'inquiétude adoucissait ses traits.

— Je n'aime pas te laisser seule au moment précis où tu es perturbée, mais je ne peux pas annuler ma réunion à la dernière minute. Je vais expliquer à maman ce qui s'est passé. Elle comprendra, j'en suis certain. Ou je peux lui demander de partir, si tu préfères.

Elle renifla.

— Non, ça va aller. Elle est la seule grand-mère de Marli. C'est normal qu'elle passe du temps avec elle.

Jack lui caressa la joue.

— Que penses-tu du 1er septembre, comme date de mariage ?

Harper ne s'était jamais imaginée en mariée. À l'inverse de ses amies et de ses clientes qui rêvaient depuis leur plus tendre enfance de trouver l'âme sœur, elle était trop pragmatique pour compromettre sa carrière en cherchant le bonheur tranquille que les autres convoitaient. L'arrivée de Marli et ses responsabilités envers elle la poussaient cependant à réviser son plan de vie. Comment refuser à sa fille l'affection et le soutien d'un père dont elle-même avait cruellement manqué ?

— C'est dans à peine deux mois.

— Cela te pose un problème ?

Son seul problème était que Jack l'épousait sans l'aimer. L'amour n'était-il pourtant pas le prérequis essentiel pour une union ?

— Le mariage de Ruby et Lucas est programmé fin octobre, je ne voudrais pas perturber leurs plans et détourner l'attention sur nous en insérant le nôtre avant. Organiser un tel événement prend des semaines, voire des mois. Pourrions-nous attendre le retour de Paris pour décider d'une date ?

Jack poussa un soupir résigné.

— D'accord, mais je ne crois pas aux longues fiançailles.

Il ne croyait, hélas, pas plus à l'amour, ce qui gênait le plus Harper.

Jack quitta le *penthouse* aussitôt après avoir discuté avec sa mère. Quelques minutes plus tard, Harper alla rejoindre Liz dans la chambre. La trouver, assise dans le fauteuil, en train de parler d'une voix chantante à Marli lovée au creux de ses bras, lui rappela combien une grand-mère lui avait manqué. Même si Elizabeth Livingstone n'appréciait pas le choix de son fils en matière d'épouse, il était impossible de ne pas reconnaître sa gentillesse et son adoration pour sa petite-fille.

— J'espère que Jack ne fait pas une terrible erreur en vous épousant. J'ai toujours rêvé d'un grand amour pour lui.

Harper la toisa avec superbe.

— Qu'est-ce qui vous fait dire qu'il ne m'aime pas ?

Liz afficha la même hauteur.

— Il me l'a dit.

Dissimuler combien ces paroles la blessèrent demanda à Harper toute son énergie. La douleur se diffusa dans ses veines jusqu'en tout point de son corps, se propageant en vagues brûlantes. Jack n'aurait-il pas pu au moins prétendre être amoureux pour sauvegarder les apparences ? Devrait-elle éternellement souffrir de ne jamais être assez bien pour quelqu'un ?

De ne pas mériter d'amour ?

Mais elle avait toujours cru cela d'elle-même...

Harper s'approcha de Liz d'une démarche nonchalante et tendit la main devant son visage.

— Il ne m'aime peut-être pas, mais regardez la bague de fiançailles qu'il m'a offerte. Plutôt impressionnante, n'est-ce pas ?

Sa provocation était digne d'une croqueuse de diamants, mais qu'importait ? Sa potentielle future belle-mère l'avait déjà classée dans cette catégorie.

— Vous avez piégé mon fils en tombant intentionnellement enceinte, cela ne fait aucun doute pour moi. Les autres ont peut-être cru à votre histoire de grossesse cryptique, mais pas moi.

— Si cette grossesse vous pose un problème, dites à votre fils de changer de marque de préservatifs, les siens étaient défectueux.

Liz s'empourpra. Aborder un sujet aussi intime ne lui était de toute évidence pas habituel.

— J'espère simplement que vous serez une meilleure mère pour Marli que l'épouse que vous semblez bientôt être pour Jack.

Les deux femmes s'affrontèrent avec la froide détermination de deux combattantes résolues à gagner la bataille à tout prix.

— Je le serai, laissa tomber Harper avec suffisance.

8

Quatre semaines plus tard

En rentrant de l'aéroport après une longue journée de réunions à Rome, Jack trouva Harper endormie sur le canapé face à la télévision. Il ne vit pas l'intérêt de regarder un film avec le son réduit au minimum, mais elle avait probablement voulu éviter de réveiller Marli.

S'accroupissant à côté d'elle, il lui passa la main dans les cheveux. S'empêcher de la toucher lui était de plus en plus difficile. Son attirance quasi magnétique n'avait fait que s'intensifier au cours du dernier mois. Par moments, l'énergie sexuelle entre eux était palpable. Lorsqu'elle l'effleurait, même accidentellement en lui donnant Marli, un courant brûlant se propageait dans ses veines à la vitesse de l'éclair. L'effet était visiblement réciproque, car elle retirait immédiatement sa main, rougissait ou détournait la tête pour dissimuler sa réaction.

— Bonsoir, petite marmotte. Ne serais-tu pas mieux dans ton lit ?

Harper ouvrit les yeux, puis cilla avant de demander d'une voix ensommeillée :

— Quelle heure est-il ?

— Une heure et demie du matin.

Elle émit un petit grognement et s'assit, ses longs cheveux ébouriffés cascadant sur ses épaules.

— Comment s'est passé ton voyage à... Peux-tu me rappeler où tu étais ?

Elle fronça les sourcils cherchant visiblement à se souvenir de leur conversation du petit déjeuner.

Jack s'installa à côté d'elle et étendit un bras au dos du canapé.

— À Rome.

— Oh ! c'est vrai. Je suis désolée, j'ai des trous de mémoire en ce moment.

Il passa à nouveau les doigts dans ses cheveux. Il aimait leur texture soyeuse, et l'odeur fruitée de son shampoing lui donnait envie d'enfouir le nez dans son cou pour mieux la respirer.

Au lieu de s'écarter, Harper appuya la tête contre la main de Jack, soupirant, les yeux fermés comme un chat appréciant d'être caressé.

— C'est parce que tu ne dors pas suffisamment.

— Toi non plus, répondit-elle en ramenant le regard sur lui. Tu as d'aussi longues journées de travail, d'habitude ? Et tu voyages au même rythme ?

Jack s'était en fait ménagé un moment seul pour réfléchir à ce qui lui arrivait. Des sentiments qu'il préférait ne pas nommer ni examiner de trop près, et encore moins admettre, bourgeonnaient en lui. Passer tant de temps en compagnie de Harper l'empêchait de protéger son cœur dont la carapace se fendillait sous l'assaut d'émotions inconnues. S'éloigner ne l'aidait cependant pas. Marli et elle lui manquaient plus encore. Il en arrivait même à travailler sans passion. Sa seule passion était Harper.

Il poussa un profond soupir et lui prit une main qu'il serra entre les siennes.

— Mon emploi du temps est plus chargé en ce moment. D'un côté, je suis en train de développer deux nouvelles propriétés, de l'autre, je planifie des travaux pour la maison que je suis en train d'acheter. Je veux que tout soit parfait lorsque nous y emménagerons avec Marli.

— J'ai l'impression d'entendre parler Aerin. Elle aussi est perfectionniste. C'est d'ailleurs ce qui fait d'elle une remarquable organisatrice de mariage.

— Au fait, comment s'en sortent tes amies sans toi ?

Harper haussa les épaules en soupirant.

— Pas mal. Elles ont trouvé une photographe. Malheureusement, cette jeune femme n'est disponible que pour les deux prochains mois. Ruby et Aerin ont un peu de mal sans moi. Je leur ai créé un véritable cauchemar logistique.

Du pouce, il lui caressa le dos de la main.

— Ton travail te manque, n'est-ce pas ?

Elle lui lança un regard inquiet.

— Cela fait-il de moi une mauvaise mère ?

— Bien sûr que non, répliqua-t-il en portant la main de Harper à ses lèvres pour l'embrasser. Tu t'occupes très bien de Marli. Tu n'es simplement pas habituée à cesser de travailler si longtemps. Mais nous serons bientôt à Paris pour ton shooting photo, ça te fera du bien de te remettre dans le bain. Et nous pouvons toujours engager une nourrice.

Harper lui retira sa main.

— Non, je ne veux pas.

— C'est pourtant toi qui l'as suggéré la première.

— Les nounous vont et viennent. À l'instar des familles d'accueil. Je refuse un tel mouvement autour de Marli, elle aurait l'impression de passer de mains en mains comme un paquet dont personne ne veut. Elle a besoin de stabilité, de se sentir en sécurité.

Jack était conscient des cicatrices émotionnelles de Harper. Même les enfances sans souci avaient les leurs. Mais les siennes étaient si importantes qu'il se demandait comment elle avait réussi à avancer dans la vie avec succès. De nombreuses personnes ne se remettaient pas d'être rejetées par leur père, puis de perdre leur mère dans des conditions si tragiques.

— Nous allons pourtant devoir trouver une solution, car nous avons tous deux des carrières prenantes. On pourrait faire appel à ma mère. Elle serait heureuse de nous aider. J'en suis certain.

Harper se leva d'un bond.

— Je ne suis pas à l'aise en présence de ta mère. Elle est irréprochable quand tu es là mais, dès que tu pars, son attitude change. Elle ne cesse de me parler de ce stupide article.

Jack la rejoignit et lui posa les mains sur les épaules.

— Même depuis que j'ai annoncé officiellement nos fiançailles ?

Harper lui lança un regard dont l'éclat avait la dureté d'un diamant.

— Oui, car ça la dérange que nous ne soyons pas amoureux. Elle ne supporte pas l'idée que son fils unique épouse une fille qu'il a engrossée pendant une relation d'une nuit.

Il laissa retomber ses mains en soupirant.

— Ma mère fait partie d'une génération différente. Ses principes sont encore plus vieux. L'idée de coucher avec quelqu'un pour le simple plaisir lui est étrangère.

Mon père a été son seul amant, et elle lui est restée fidèle toute sa vie.

— Et lui, lui a-t-il été fidèle ?

La question le prit de court. La maladie de son père, ajoutée au fait d'avoir fait ses études en pensionnat, les avait empêchés de créer des liens profonds. Ils n'avaient jamais eu de conversation père-fils à cœur ouvert. Jack ignorait d'ailleurs si cela aurait été du goût de son père.

— Je n'en sais rien. Je n'ai jamais posé la question et n'ai eu aucun écho sur ce point. Nous n'étions pas vraiment proches. En cas contraire, il m'aurait peut-être parlé de ses difficultés à maintenir l'état de nos finances.

L'expression de Harper s'adoucit.

— Tu as dû avoir un sacré choc en découvrant que votre société périclitait.

— Ça, tu peux le dire. J'ai dû passer mon diplôme de commerce et mon master en affaires à une vitesse record pour redresser la situation. Ma mère aussi en a souffert. En plus de s'adapter à vivre sans son mari, elle a dû s'accommoder d'un style de vie bien différent.

Jack lui adressa un petit sourire grimaçant en signe de complicité.

— C'est pour ça qu'elle se montre un peu pédante et autoritaire maintenant, je crois. Elle craint les mauvaises surprises.

Harper lui posa une main sur le bras. À ce contact, Jack frissonna tandis qu'une vague brûlante lui traversait le corps.

— J'essayerai d'être plus complaisante avec elle. Pour le bien de Marli et le tien.

Sa voix s'était réduite à un murmure dont la tonalité légèrement rauque fit frémir Jack. Plaçant les mains sur les hanches de Harper, il la maintint à quelques centimètres de lui. Elle fixa quelques secondes la bouche de Jack, puis releva les yeux vers lui avant de susurrer son prénom en un souffle suppliant.

Il lui souleva le menton.

— Qu'y a-t-il d'autre qui te trouble ?

Ses lèvres s'étirèrent en un faible sourire.

— Tu me troubles bien plus que je n'aime l'admettre.

— De quelle manière ?

— Comme ça, dit-elle en l'embrassant.

Bien que très léger, son baiser enflamma le sang de Jack, qui attira Harper contre la fermeté de sa virilité, puis l'embrassa à son tour. Il avait tant rêvé de retrouver cette intimité, le goût si délicieux de la bouche de Harper, d'entendre ses gémissements de plaisir qui le comblaient et l'excitaient tout à la fois. Il y avait songé inlassablement pendant des mois, puis après leur étreinte passionnée le jour où il lui avait donné la bague de fiançailles. Sentant leur ardeur en harmonie, il recula soudain la tête pour demander :

— Est-il trop tôt pour aller plus loin ?

Harper lui enroula les bras autour du cou et pressa les hanches contre les siennes.

— Non. J'ai eu mon contrôle postnatal cet après-midi. Le gynécologue m'a donné le feu vert.

Jack lui prit le visage entre les mains, fixant ses yeux gris-vert avec intensité.

— Es-tu certaine de le vouloir ? Il est très tard, tu manques de sommeil et tu pourrais le regretter demain matin.

Elle lui caressa le contour des lèvres du bout d'un doigt.

— Nous sommes déjà demain. N'as-tu pas envie de savoir si ce que nous avons éprouvé lors de notre unique nuit ensemble n'était qu'un coup de chance ou… s'il s'agissait d'autre chose ?

Il s'était certainement agi d'autre chose. Une chose bien différente de tout ce que Jack avait expérimenté au cours de sa vie sexuelle pourtant considérable. L'énergie sensuelle entre eux l'avait poussé à s'imposer un célibat prolongé, car il ne voulait pas effacer le souvenir du corps de Harper en faisant l'amour avec une autre femme. Aucune avant elle n'avait créé en lui ce besoin de la revoir au plus vite. Mais Harper avait érigé un barrage des plus résistants. Cela n'avait qu'intensifié sa détermination de la séduire à nouveau. Il était rafraîchissant d'être le chasseur plutôt que la proie.

— Oui, j'ai envie de savoir, mais je ne pense pas qu'il se soit agi d'un coup de chance. Tu me fais un effet extraordinaire.

À cet instant-là, des pleurs s'élevèrent en provenance de la chambre. Harper se laissa aller contre le torse de Jack en poussant un soupir las.

— Je ferais mieux d'aller la voir. De toute façon, sa prochaine tétée est dans une demi-heure.

Jack lui donna un rapide baiser avant de la lâcher. Il réprima sa déception, car leur petite fille passait avant tout. Marli était sa priorité, raison pour laquelle il trouvait frustrant l'entêtement de Harper à attendre le mariage de Ruby et Lucas pour choisir la date du leur. Il envisagea de la faire patienter jusque-là pour reprendre leurs rapports intimes, mais cela ferait encore des mois de torture à la vouloir avec une ardeur inégalée. Cela ne signifiait cependant pas qu'il était tombé amoureux. Il n'autoriserait jamais son cœur à s'impliquer aussi profondément. Il admirait Harper, aimait sa compagnie, la respectait et brûlait de désir pour elle.

Or, il ne voyait pas pourquoi cela évoluerait dans un avenir proche. Ni même lointain.

Harper nourrit Marli, la changea, puis la recoucha. À son retour dans le salon presque une heure plus tard, Jack était endormi sur le canapé, les cheveux un peu ébouriffés. En s'asseyant de biais contre la hanche de Jack, elle remarqua la repousse de barbe sombre qui ombrait les joues masculines et trouva cela curieusement attirant. L'envie de la caresser lui brûla les doigts, tout comme celle de se pencher pour le réveiller d'un baiser et reprendre là où ils s'étaient arrêtés en entendant les cris de Marli.

L'incertitude la stoppa.

Était-il sage de refaire l'amour avec lui ? De revisiter l'extraordinaire passion qui avait eu pour résultat la conception de leur bébé ? Jack voulait l'épouser, sans toutefois l'aimer. Il la désirait – de cela elle ne doutait pas –, mais serait-ce suffisant pour leur assurer une vie de couple heureuse, au moins le temps d'élever leur enfant ?

Comme mue par une volonté propre, sa main effleura la joue de Jack. Le picotement de sa barbe lui chatouilla les doigts. La caresse tira à Jack un murmure somnolent, mais il ne se réveilla pas. Depuis la naissance de Marli, il avait plusieurs fois effectué des voyages à l'étranger, s'arrangeant toujours pour rentrer le soir. Il conciliait son travail, sa paternité et ses autres engagements avec brio.

Comme la sienne, la vie de Jack avait changé en quelques secondes. De play-boy milliardaire parcourant le monde en avion pour assurer le succès de sa société hôtelière, il était devenu du jour au lendemain un père dévoué, attentif et investi dans ses soins. Cela aurait pu être très différent. Il aurait pu ne pas vouloir entendre parler de son enfant et laisser Harper s'en occuper seule. Loin de faire cela, il s'était engagé à l'épouser, à subvenir aux besoins de Marli ainsi qu'aux siens et à les protéger toutes les deux. Il aimait sa fille, c'était évident, mais il ne lui avait pas promis de l'aimer, *elle*.

Harper se leva et murmura :

— Bonne nuit, Jack.

Puis elle quitta le salon sur la pointe des pieds.

Deux jours plus tard, ils atterrirent à Paris. Harper fut touchée que Jack ait affrété un jet privé afin de ne pas exposer Marli aux microbes d'autres passagers. Sa sollicitude envers son enfant lui rendait plus difficile la maîtrise de ses sentiments pour lui.

Après leur baiser passionné, Jack avait dû retourner en Italie. Ils n'avaient donc eu ni le temps ni l'occasion de faire l'amour. La perspective de retrouver leur intimité la fit frissonner de la tête aux pieds. Une réaction due à ses hormones en folie ou au fait que Jack avait été le seul amant avec qui elle avait vécu une relation aussi bouleversante ?

Ils descendirent dans l'un des établissements parisiens de la société Livingstone ayant une vue spectaculaire sur la tour Eiffel. À leur arrivée dans la luxueuse suite, leurs bagages avaient été livrés ainsi que tout le matériel nécessaire à Marli et l'équipement photographique de Harper. Cette nouvelle attention touchante de Jack lui fit monter les larmes aux yeux. Fichues hormones en dents de scie ! Mais le manque de sommeil et le saut à pieds joints dans la maternité étaient aussi responsables de ses incontrôlables émotions, se rassura-t-elle.

Debout devant les larges fenêtres de leur salon, Harper admira la vue.

— Paris est sans nul doute ma destination préférée. Il est pratiquement impossible de faire une mauvaise photo, ici. L'architecture et la lumière sont saisissantes.

Jack, arrivé derrière elle, lui posa les mains sur les épaules. La sensation du grand corps masculin à quelques centimètres de son dos déclencha aussitôt en elle une onde de choc semblable à une décharge électrique. Son pouls s'emballa, tonitruant dans ses oreilles, jusqu'à résonner avec une force troublante au cœur de son intimité.

Comme il approchait la bouche de sa joue, elle sentit son rythme cardiaque grimper en flèche et des frissons lui picoter la peau.

— Tu as le trac pour la séance de demain ? demanda-t-il en un murmure.

Elle inclina imperceptiblement la tête, consciente de chercher le contact des lèvres de Jack, mais incapable de résister.

— Un peu.

Il la fit pivoter vers lui, braquant des yeux aussi sombres qu'un ciel nocturne sur les siens.

— Tu es brillante. Je serai là et m'occuperai de Marli. Tu n'auras pas à te soucier d'elle, sauf pour la nourrir.

Harper lui posa une main sur le torse, tandis qu'elle faisait du regard un aller-retour rapide sur sa bouche.

— J'ignore ce que j'aurais fait si tu n'avais pas voulu t'impliquer dans son éducation. J'adore te voir avec elle, même si ça me rappelle ce que j'ai raté en n'ayant pas eu de père.

Jack lui caressa le dos en un geste aussi apaisant que sensuel.

— Tu n'as rien perdu vu le genre d'homme qu'il était.

Lui, en revanche, si. Je n'ose même pas imaginer ce que j'aurais raté si tu n'étais pas tombée enceinte. Je disais ne pas vouloir d'enfants ni la responsabilité de les protéger et de les guider dans la vie, mais maintenant que Marli est là, je suis le plus heureux des hommes. J'aimerais simplement ne pas avoir à autant travailler afin de passer plus de temps avec elle. J'ai toujours peur de manquer une étape de son éveil.

— Une petite fille ne pourrait pas avoir de meilleur père que toi.

— Tu te débrouilles aussi plutôt bien en tant que mère.

Un silence suivit ces paroles. Jack baissa le regard sur la bouche de Harper et s'attarda dessus assez longtemps pour lui faire palpiter le cœur. Elle attendit en retenant son souffle qu'il la pose sur la sienne. Son désir grimpait de seconde en seconde.

Soudain, le contact se fit de lui-même. Les lèvres de Jack pressèrent les siennes, qui s'ouvrirent sous l'insistance érotique de sa langue. Il approfondit leur baiser avec une expertise qui la laissa haletante. En un éclair, ses sens s'enflammèrent. Comme elle s'abandonnait contre le torse de Jack, d'une main au creux des reins, il la plaqua contre son érection. Un délicieux frisson la parcourut à la perspective de sa prochaine intime possession.

— Je te veux tellement, murmura Jack.

— Alors prends-moi.

Les yeux brillants de désir, il demanda :

— Tu es sûre ?

— Oui, je veux que tu me fasses l'amour.

— J'adore ton désir insatiable de moi. Il a rendu notre première nuit extraordinaire. J'ai failli en perdre la tête.

Un sourire sensuel fleurit sur les lèvres de Harper.

— Si mes souvenirs sont exacts, tu me désirais tout autant.

Jack accentua la pression de la main sur les reins de Harper qui se consumait sous son regard.

— Je ne pouvais pas me résoudre à faire l'amour à une autre femme avant de te revoir. J'aurais tout donné pour retrouver avec toi la passion, l'exquise alchimie de notre nuit ensemble.

Cette confession électrisa Harper. Son expérience intime avec Jack avait révolutionné son monde. Qu'il l'attire au point de lui faire oublier son devoir professionnel l'avait terrifiée. Mais ce qui l'avait plus encore terrifiée était son amour pour lui. Un amour qu'elle avait prétendu ne pas ressentir et avait étouffé, renié, verrouillé à double tour. Un véritable coup de foudre dès leur premier baiser. Chacun des suivants avait attisé ce sentiment. Et il revenait en force chaque fois qu'il la regardait, comme en cet instant, avec du feu dans les yeux.

— Je n'avais jamais expérimenté une telle alchimie physique, dit-elle, pas prête à lui avouer son amour.

Il n'aurait d'ailleurs pas apprécié qu'elle le fasse après lui avoir seriné son refus de lui en offrir. Jack était bien trop cynique pour ouvrir son cœur au romantisme. Et elle aussi, avant de le rencontrer. Quelle ironie !

— Moi non plus. Tu m'as époustouflé.

Harper se mordilla la lèvre en proie à un soudain manque de confiance en elle.

— Et si c'était différent cette fois ? Si notre harmonie d'alors avait disparu ?

La bouche à quelques millimètres de celle de Harper, Jack répondit :

— La seule façon de le savoir est de recommencer.

9

Jack reprit possession de la bouche de Harper avec une ardeur accrue. Il entraîna leurs langues dans une danse érotique qui la laissa pantelante de désir. Bien que maintenant une certaine pression au creux des reins de Harper, il porta une main à sa joue d'une manière à la fois tendre et passionnée. Cela lui donna l'espoir qu'à défaut de l'aimer il tenait vraiment à elle. Comment pourrait-il l'embrasser ainsi s'il n'éprouvait pas le moindre sentiment ? Mais il s'agissait peut-être d'une extraordinaire expertise doublée d'un goût prononcé pour le plaisir...

Chassant ses doutes, elle répondit au baiser de Jack avec une égale passion. En constatant l'effet contre le ventre de ce dernier, elle lui murmura son besoin de lui.

Il abandonna alors la bouche de Harper pour faire courir les lèvres et la langue de la base de son oreille jusqu'à son épaule, laissant dans leur sillage sa peau si brûlante de désir qu'elle crut défaillir. Comme il baissait les bretelles de son débardeur, puis embrassait le renflement de ses seins, elle tressaillit avant de se cambrer contre lui.

— Tu aimes ? demanda-t-il d'une voix rauque.

— J'aime tout ce que tu me fais. Tu sembles trouver d'instinct toutes mes zones érotiques.

Il lui décocha un sourire coquin.

— Si tu m'en laisses le temps, je vais en trouver encore davantage.

Harper n'en douta pas une seconde, avec lui, chaque millimètre de sa peau devenait sensible à l'extrême.

— Pour ce faire, nous devrions nous débarrasser de nos vêtements, dit-elle tout en défaisant les boutons de la chemise de Jack.

— Laisse-moi t'aider.

Il ôta sa chemise, puis lui fit passer son débardeur par-dessus la tête. Le reste de leurs vêtements suivit jusqu'à ce qu'ils soient nus, face à face. Comme Harper glissait lentement les yeux le long de son corps, elle résista à l'envie de couvrir son ventre, encore marqué par sa récente grossesse, et sa poitrine alourdie.

— Tu es si belle, murmura-t-il tout en lui caressant le ventre avec respect. Encore plus belle qu'avant.

— J'en doute.

— Pas moi.

Il lui embrassa alors un sein, en titilla de la langue la pointe dressée, puis passa à l'autre, prenant le temps d'explorer les changements subtils de son corps. D'exquises sensations se succédèrent pour se concentrer au cœur de sa féminité.

Comme il relevait la tête, Harper laissa glisser les mains le long des pectoraux de Jack.

— Tu as passé du temps en salle de musculation, dirait-on.

— Le sport a été un moyen efficace d'évacuer ma frustration sexuelle. J'ai mis une incroyable ardeur à flirter avec l'épuisement.

— Autant qu'à flirter avec une inconnue à un mariage ? le taquina-t-elle.

Il lui décocha un sourire sensuel.

— Que veux-tu, je t'ai remarquée dès l'instant où tu as braqué ton appareil-photo sur moi. Ensuite, j'étais déterminé à te séduire.

Harper leva un sourcil faussement indigné.

— Donc, je n'étais qu'une conquête de plus pour toi ? Un nom à ajouter à ta liste de play-boy tombeur ?

Le visage de Jack se fit sérieux.

— Tu n'étais pas un trophée. Tu m'intriguais. Tu étais si posée et distante. Pourtant, tu n'arrêtais pas de me regarder, comme si tu ne pouvais pas t'en empêcher.

Approchant alors la bouche de celle de Harper, il ajouta :

— Mais, pour être honnête, je ne pouvais pas m'empêcher de te regarder non plus.

— Je l'avais remarqué.

Et Harper laissa ses doigts glisser le long du ventre de Jack puis les referma autour de son érection. Il suspendit son souffle une seconde avant de lui prendre la main.

— Viens, allons dans un endroit plus confortable.

Et il l'entraîna dans la chambre. Dès qu'ils furent allongés sur le lit, ils mêlèrent leurs jambes comme s'ils faisaient l'amour ensemble depuis des années. Jack lui caressa une hanche.

— J'ai acheté des préservatifs.

— Tu as pensé à changer de marque depuis la dernière fois, j'espère.

Jack cessa sa caresse pour la regarder, les sourcils soudainement froncés.

— Cette nuit a eu pour conséquence de changer notre vie de manière totale, mais je ne regrette pas un instant l'arrivée de notre fille. Et toi ?

Harper n'aurait pu l'aimer plus qu'en cet instant.

— Bien sûr que non. Marli ne pourrait pas être plus parfaite. Mais…

Elle baissa les yeux et se mordit la lèvre avant de reprendre :

— J'espère simplement que le fait d'ignorer ma grossesse, de ne pas lui avoir parlé et de ne pas l'avoir caressée à travers mon ventre, n'a pas nui à son développement affectif.

Il lui souleva le menton pour croiser son regard.

— Tu t'es rattrapée depuis. L'amour que tu lui portes est évident. Elle le sent, j'en suis certain. Tu n'as pas à t'inquiéter sur ce point.

— Hélas, l'inquiétude semble faire partie intégrante de la vie des parents, répondit-elle avec un petit sourire fataliste.

— Oui, on dirait bien. Mais tu n'auras jamais à t'inquiéter seule. Je serai avec toi tout le long du chemin.

Et, sur ces mots, Jack prit possession de la bouche de Harper d'une manière qui lui ôta tous ses doutes et ses peurs. Elle se pressa contre lui, sentit son désir contre son ventre et murmura :

— J'ai vraiment envie de toi, là, maintenant.

— Une minute, je dois mettre un préservatif.

Elle l'observa, retenant son souffle par anticipation. Lorsqu'il revint, son regard brûlant de gourmandise amplifia son désir.

— Je meurs d'envie de toi, moi aussi, mais laisse-moi redécouvrir ton corps.

Joignant le geste à la parole, il s'agenouilla entre les jambes de Harper et lui prit les seins en coupe pour leur prodiguer à tour de rôle ses attentions. Harper frissonna de plaisir. Jack parcourut alors le ventre de la jeune femme d'une traînée de baisers avant d'arriver au cœur de son intimité. Avec beaucoup de délicatesse, il l'embrassa et la caressa, lui arrachant des gémissements tandis que des sensations de plus en plus intenses se propageaient dans tout son être. Incapable de supporter plus longtemps cette exquise torture, elle s'abandonna à l'extase, le corps agité de soubresauts.

— L'abstinence ne t'a pas fait perdre ta technicité, dit-elle une fois son souffle retrouvé.

— Ton plaisir est ma priorité, répliqua-t-il avant de demander : tu es prête à me recevoir ?

— Oui, Jack, je te veux, Jack.

Ces mots n'avaient jamais été aussi vrais dans la bouche de Harper. Elle les avait déjà prononcés à d'autres. Mais avec Jack, c'était différent. Elle avait besoin de le sentir en elle et d'accéder à l'ultime plaisir que lui seul pouvait lui donner.

Se positionnant au-dessus d'elle, il la pénétra d'une longue poussée. Un sentiment de béatitude l'envahit tandis qu'elle refermait les jambes autour de la taille de Jack pour mieux l'accueillir. Ses mouvements d'abord lents s'accélérèrent. Harper les accompagnait, sentant monter la jouissance de seconde en seconde. Lorsqu'elle déferla sur elle, Jack s'y abandonna à son tour dans un râle de plaisir, avant de s'effondrer sur elle.

Ils restèrent enlacés un long moment tandis que leur souffle s'apaisait.

— Ce que nous avons éprouvé lors de notre première nuit ensemble n'était donc pas un coup de chance, dit-il en se redressant sur un coude. Tu as semblé apprécier.

Harper lui adressa un sourire malicieux.

— Toi aussi.

Les yeux de Jack scintillèrent.

— Cela valait définitivement la peine d'attendre.

Roulant sur le côté, il enleva le préservatif puis se rallongea et enlaça Harper.

— J'espère que tu ne vas pas attendre neuf autres mois avant de me refaire l'amour. Dix, en fait, car Marli a presque cinq semaines.

Jack la fit s'étendre sur le dos, l'encadra de ses bras et la regarda si intensément que le sang de Harper se mit à chanter dans ses veines.

— Jamais de la vie, ma chérie.

Et, de sa bouche douce et exigeante, il prit possession de celle de Harper.

Harper s'était vu fournir une liste de lieux à photographier dans Paris ainsi qu'une équipe qui l'aiderait à monter et démonter son matériel lors des changements de site. Reprendre contact avec son métier l'enthousiasmait. Jack les accompagna, restant en retrait avec Marli. Ses seuls moments de pause, bien trop courts à son avis, étaient ceux pendant lesquels elle nourrissait sa fille.

Chaque fois qu'elle jetait un coup d'œil vers le père et le bébé, Harper évaluait l'importance du dilemme pour les femmes actives. Concilier métier, soins aux enfants et tâches du quotidien devait être épuisant sur le plan physique comme émotionnel. Cela lui permettait aussi d'apprécier à sa plus juste valeur que Jack ait mis sa vie professionnelle entre parenthèses pour s'occuper de Marli pendant qu'elle se consacrait à son travail.

Le dernier lieu de la liste était le jardin du Luxembourg. Après avoir acheté le terrain en 1612, Marie de Médicis, veuve du roi Henri IV et mère de Louis XIII, y avait fait construire sa résidence, le célèbre palais du Luxembourg.

À un moment où ses assistants étaient en pause, Harper

remarqua Jack, adossé à un arbre avec Marli assise contre ses genoux, en train de jouer avec ses petits pieds. Son sourire rempli d'amour et d'admiration la toucha tant qu'elle fit une série de clichés sous différents angles. Les surprendre sans que Jack s'en rende compte lui donna l'occasion rêvée de faire des photos très naturelles. Elle en prenait une dernière lorsqu'il tourna vers elle son visage souriant.

— Alors, comment ça se passe ?

— Très bien, j'ai presque fini.

Harper les rejoignit, s'accroupit à côté d'eux et caressa la joue de Marli.

— Je viens de capturer le moment précis où elle t'a adressé un magnifique sourire.

— Elle a un sourire ravageur, comme sa mère.

— Je pense que mes dernières photos sont les plus réussies de ces deux jours.

Marli se mettant à bâiller, Jack la prit contre son torse, puis allongea ses grandes jambes sur l'herbe.

— J'ai hâte de les voir, lança-t-il avant d'ajouter avec un sourire rempli de sous-entendus, et de t'avoir pour moi tout seul cette nuit.

Un frisson parcourut la peau de Harper à cette perspective. Elle lui posa une main sur l'épaule.

— Je te suis infiniment reconnaissante de m'avoir facilité la tâche pendant ces deux jours de shooting. Devoir renoncer à cette opportunité de montrer mon travail à un large public aurait été un véritable crève-cœur.

Installant Marli, à présent endormie, au creux de son coude, il prit la main de Harper.

— On forme une équipe maintenant, ma chérie.

Elle regarda leur fille lovée, confiante et en sécurité, dans les bras de son père. Était-ce de l'avidité de sa part de souhaiter plus qu'il ne pouvait lui offrir ? Jack adorait Marli, c'était évident dans la moindre de ses actions. Et il lui apportait, à elle, son soutien sans faille. Au lieu d'émettre une objection lorsqu'elle lui avait parlé de cet engagement professionnel, de lui demander de l'annuler pour lui permettre de tenir les siens ou de lui en vouloir de le maintenir, il l'avait encouragée à aller à Paris, l'y avait accompagnée et avait pris en charge Marli. En plus, il s'occupait d'aménager une maison, un havre de paix et sécurité pour leur petite famille. Et il la désirait autant qu'elle le désirait. Cela était certainement suffisant pour l'instant.

Le soir, une fois Marli baignée et couchée, Jack rejoignit Harper dans le salon où elle regardait ses photos sur son appareil numérique. Il s'assit sur le canapé à côté d'elle, lui passa un bras autour des épaules et demanda :

— Je peux voir celles d'aujourd'hui ?

— Je dois encore en éditer quelques-unes, mais certaines sont bonnes.

Elle mit la caméra entre eux et fit défiler les centaines de clichés pris pendant la journée.

— Tu as capturé certains monuments et sujets sous des angles vraiment intéressants, dit Jack.

Continuant de cliquer, elle s'arrêta sur une photo de lui et Marli sous l'arbre au jardin du Luxembourg.

Ce cliché surprit Jack tant il était touchant. En l'observant à son insu, elle avait saisi son regard admiratif et éperdu d'amour. Il se demanda si son père avait ressenti la même dévotion pour lui quand il était bébé ou si son travail lui avait volé cette joie. Après, la lente mais certaine progression de sa maladie l'avait rendu amer.

— Qu'y a-t-il ? interrogea Harper. Tu as l'air contrarié.

Il afficha aussitôt un sourire décontracté, mais son malaise persistant, il se promit de chercher la réponse. Jack ne s'était jamais posé la question de savoir si son père l'aimait. Lui-même ne se sentait d'ailleurs pas très proche de lui. Les souvenirs précoces de son enfance étaient assombris par les changements survenus avec la maladie. Son père était devenu de plus en plus distant, taciturne, exigeant et sujet aux sautes d'humeur.

— Excuse-moi, je pensais à ma relation avec mon père. Je ne suis pas certain qu'il ait été autant attaché à moi que je le suis à Marli. Mais c'était une génération différente. Même si les autres hommes étaient encouragés à s'occuper davantage de leurs enfants, mon père n'appréciait pas d'être entouré de tout-petits. Quand j'ai grandi, il est tombé malade, puis je suis parti en pension.

Harper lui posa une main réconfortante sur le bras.

— À quel âge ?

— Six ans.

— Six ans ! répéta-t-elle, visiblement choquée.

Jack haussa une épaule nonchalante.

— Je n'en suis pas mort.

— Mais tu étais terriblement jeune. Tu as dû te sentir perdu. As-tu mis du temps à te faire des amis ?

Jack, qui était du genre à ne pas ressasser les faits inchangeables, avait enfermé ces souvenirs-là. La question de Harper les fit remonter. Les moments de solitude et de désespoir s'imposèrent à son esprit avec la sensation d'avoir dû grandir trop vite. Un doute le hantait à l'époque. On l'avait envoyé en pension afin que son père puisse travailler sans la présence d'un enfant impossible à aimer qui l'empêchait de se concentrer. Il soupçonnait toutefois sa mère d'avoir accepté son départ pour le protéger des soudains accès de colère paternels. Revisiter ces sentiments-là étant trop douloureux, il les refoula aussitôt.

— Je me suis adapté à ma nouvelle vie relativement vite. Je me suis fait des copains, dont certains sont des amis aujourd'hui.

Harper étudia un moment le visage de Jack, l'air soucieux.

— Tu as tout de même dû souffrir d'être loin de chez toi. Ta mère ne te manquait pas ?

Un petit sourire désabusé lui monta aux lèvres.

— Si, bien sûr, surtout au début. Mais je ne lui en ai pas parlé, car elle l'aurait dit à mon père, et il l'aurait mal accueilli. Fréquenter ce pensionnat était une tradition familiale. Son père et son grand-père l'avaient fait avant lui.

Lui serrant l'épaule de la main qu'il avait passée sur le dossier du canapé, il ajouta d'un ton léger :

— Assez parlé de mon enfance. Montre-moi tes autres photos.

Harper releva son appareil et fit défiler les clichés, mais son air soucieux était encore là. Pensait-elle à sa propre jeunesse, à combien ses conditions de vie avaient été bien différentes de celles de Jack et beaucoup plus difficiles ? Lui, au moins, avait eu un père. Le sien avait toujours refusé de la voir. Craignait-elle qu'un jour il abandonne Marli ?

Jack ne pouvait pas imaginer de circonstances le poussant à se séparer de sa fille. Il trouvait même de plus en plus pénible de s'éloigner de Harper. Jusque-là, c'était lui qui partait. Il ne regardait jamais en arrière. Il allait sans cesse de l'avant. Il savait cependant que si Harper le quittait, il en mourrait. Ou, à défaut d'en mourir, il en serait anéanti.

Mais pourquoi s'en irait-elle ? Il lui offrait fortune, confort, tous les privilèges réservés aux nantis, et il lui avait promis de les protéger à jamais, elle et leur fille. Harper ne cessait de mentionner l'amour ; or il n'y en avait pas entre eux. Depuis le début, le désir les liait. Ils aimaient leur enfant. C'était suffisant. Que vouloir de plus ? Rien, en tout cas, qu'il soit disposé à donner.

Lui enlevant l'appareil, Jack prit la main de Harper, puis leva l'autre pour lisser le pli soucieux entre les sourcils de la jeune femme.

— Cesse de t'inquiéter de ma jeunesse autrement privilégiée à bien des égards. Ce que tu as vécu est bien pire.

— Nous avons grandi dans des conditions radicalement opposées. Comment être les meilleurs parents possibles quand nous savons si peu l'un de l'autre ?

— Nous apprendrons à nous connaître une fois mariés. Ce qui me rappelle que, ton shooting photo étant terminé, nous devons décider d'une date de mariage. C'était notre marché, tu t'en souviens ?

Harper lui retira sa main et se leva.

— J'ai besoin de davantage de temps pour prendre une décision aussi importante.

Jack se leva à son tour, envahi de la désagréable impression de perdre le contrôle de la situation.

— Nous n'avons pas beaucoup de temps. Marli a déjà cinq semaines. Avant même que nous ne nous en rendions compte, elle va ramper, marcher à quatre pattes et…

— Et si tu ne supportais pas une enfant turbulente ?

Il fronça les sourcils.

— Que veux-tu dire ?

— Les tout-petits sont difficiles, ils occupent de la place, réclament de l'attention.

— Je le sais, mais nous avons les moyens de nous faire aider si besoin est.

— Je ne veux pas prendre de nourrice, je te l'ai déjà dit.

Jack se passa une main dans les cheveux.

— Ma mère est prête à nous aider. En plus, cela lui ferait extrêmement plaisir.

— Et nous savons tous deux combien elle et moi nous entendons bien ! répliqua Harper. Marli le remarquera vite. Puis viendra l'âge des questions. Pourquoi tu te disputes avec grand-mère ? Et pourquoi papa ne t'aime pas comme les autres parents s'aiment ?

— Tous les parents ne s'aiment pas. Ou, du moins, plus une fois que les enfants et le stress de leurs carrières leur font oublier la période de leur lune de miel. Notre aisance matérielle nous protège des problèmes d'intendance, et nous sommes assez réalistes sur notre relation. Nous nous admirons et nous désirons réciproquement. C'est une base solide pour faire fonctionner un mariage.

— Tout cela est bien beau, en théorie, mais nous devrons établir un accord prénuptial. Sans cela, les gens penseront que je ne t'ai épousé que pour ton argent, et je ne veux pas de ça.

— Très bien, nous ferons rédiger un contrat de mariage. Si cela peut te soulager, nous engagerons le meilleur avocat de Londres spécialisé en la matière, Drake Cawthorn.

— Tu le connais personnellement ?

— Non, nous nous croisons de temps en temps dans des réceptions. Pourquoi, tu le connais, toi ?

— Il est ami avec le frère aîné d'Aerin, répondit Harper. Nous lui envoyons des clients. Je ne l'ai jamais rencontré, mais j'ai entendu dire qu'il établit des contrats impitoyablement détaillés pour s'assurer que ses clients soient protégés si les choses tournent mal entre eux.

Que Harper veuille un contrat aurait dû soulager Jack. Pourtant, il n'en fut rien. Cela suggérait qu'elle n'avait pas une grande foi en leur mariage à long terme. Bien sûr, lui-même n'avait jamais été un adepte du long terme, mais ayant à présent une petite fille, il s'engageait à vie. Harper aussi, d'ailleurs.

Pas à aimer. Seulement à s'investir totalement.

— Je le contacterai dès notre retour à Londres pour prendre rendez-vous.

— Je te remercie.

Jack réalisa soudain ne pas avoir envie de rentrer directement en Angleterre. Il avait besoin de passer plus de temps avec Harper, sans être distrait par son travail. Il détestait l'idée d'être bientôt éloigné de Marli et elle pendant des heures. Avoir pris un peu de distance par rapport à sa société lui convenait. Il était trop ambitieux pour en abandonner le contrôle à un tiers, mais pouvait s'arranger afin de déléguer une partie de ses tâches et se réserver de plus longues plages de loisirs avec elles deux.

Reprenant les mains de Harper, il lui sourit.

— T'ai-je dit à quel point je suis fier de ton travail ? Après t'avoir vue à l'œuvre ces deux derniers jours, j'ai hâte d'admirer le résultat final. Y aura-t-il une réception pour le lancement du livre ?

— Oui, mais pas avant quelques mois.

— Parfait, répondit-il avant de capter le regard de Harper et d'ajouter : en attendant, j'ai une proposition à te faire.

Elle leva un sourcil dubitatif.

— Encore une ?

Jack lui planta un rapide baiser sur les lèvres.

— Que dirais-tu de passer deux ou trois jours de plus à Paris ? Je peux réorganiser mon emploi du temps.

— C'est tentant, répondit-elle, le regard fixé sur la bouche de Jack. J'étais tellement sous pression avec ce shooting que je n'ai pas eu le temps d'apprécier comme il se doit notre séjour ici.

La pressant contre l'évidence de son désir, Jack murmura :

— Tu en as pourtant apprécié certaines parties.

Les joues de Harper se teintèrent délicieusement de rose tandis que ses yeux se mirent à briller de gourmandise.

— Maintenant que tu en parles...

Et se hissant sur la pointe des pieds, elle posa les lèvres sur celles de Jack, allumant un brasier en lui qui menaça de le consumer.

Jack prit alors le contrôle des opérations. Leurs langues entamèrent une danse si érotique qu'un long frisson lui parcourut la peau. Il n'en avait jamais assez de cette femme. Et le désir aussi ardent de Harper pour lui le faisait vibrer jusqu'au plus profond de son être.

Si cela n'était pas le meilleur cocktail pour une relation réussie, il ignorait ce qui l'était. L'amour était pour les romantiques et ceux qui croyaient aux contes de fées. Pour les naïfs et ceux qui vivaient d'espoir.

Pas pour lui.

10

Le surlendemain, Harper marchait bras dessus, bras dessous avec Jack sur les Champs Élysées. Marli dormait dans son landau. Un soleil éclatant brillait sur la capitale française, et les oiseaux pépiaient. C'était une magnifique journée. Même le bruit de la circulation parisienne, pourtant intense, ne parvenait pas à gâcher l'atmosphère. Au cours des deux dernières nuits, Jack avait fait preuve d'une tendresse encore plus importante que d'habitude. Ce subtil changement faisait espérer à Harper qu'il était en train de développer des sentiments à son égard. Et ce malgré le fait qu'il en avait d'emblée exclu la possibilité. Il portait un amour solide à sa fille. Il pourrait bien, un jour, lui ouvrir son cœur à elle aussi…

Comme ils arrivaient au niveau d'une galerie d'art, Jack s'arrêta face à la vitrine. Le tableau exposé en devanture était une aquarelle exquise représentant une péniche sur la Seine. Les délicats coups de pinceau avaient capturé la lumière, l'essence et la synergie de Paris à la perfection.

— On entre ? proposa Harper.

— Tu ne voulais pas aller voir le célèbre salon de thé du XVIIIe siècle un peu plus bas ?

Le ventre de Harper gargouilla. Un article sur les

pâtisseries de ce salon l'avait fait saliver, mais l'expression mélancolique de Jack face à ce tableau l'intriguait.

— Si, mais ça ne nous empêche pas d'entrer voir les autres œuvres de ce peintre.

Après avoir jeté un coup d'œil à l'affichette située à côté de l'aquarelle, elle ajouta :

— Étienne Aubuchon. Il me semble avoir entendu parler de lui. Il est très bon, tu ne trouves pas ?

Jack grommela son approbation, puis recommença à pousser le landau.

— On ferait mieux d'aller boire le thé avant que Marli se réveille.

Harper lui emboîta le pas, surprise qu'il ait refusé d'entrer. Ce n'était pas par crainte de devoir acheter, il avait les moyens de s'offrir un tableau d'un artiste reconnu...

Le salon de thé proposait un remarquable assortiment de gâteaux. Harper en choisit un. Jack n'en prit pas.

— Tu n'es pas porté sur le sucré ? demanda-t-elle une fois qu'ils eurent passé leur commande.

— Non, répondit-il en lui décochant un sourire amusé, mais toi oui, dirait-on.

— Hélas ! Et pas seulement sur le sucré. J'ai passé des années à manger pour réprimer mes sentiments, mais il m'a fallu longtemps pour comprendre qu'aucune quantité de nourriture n'apaiserait ma faim émotionnelle. J'ai donc dû éliminer sa source.

Sourcils froncés, il demanda :

— Et tu as réussi ?

Harper haussa les épaules.

— Oui et non. J'aurai toujours envie de ce que je ne peux pas avoir, j'imagine.

Un lourd silence suivit sa déclaration. Jack finit par le briser.

— Tu n'es pas la seule à vouloir ce que tu ne peux pas avoir.

— Qu'est-ce qui te manque encore ?

— Tu veux dire, à part toi ?

Son ton enjoué ne collait pas avec l'ombre qui voilait ses yeux bleus. La même que Harper avait remarquée un peu plus tôt tandis qu'ils étaient devant la vitrine de la galerie d'art. Elle lui lança un regard moqueur.

— Sois sérieux un instant !

Jack joua avec sa petite cuillère quelques secondes, l'air soudain grave.

— Depuis l'enfance, je voulais être artiste. C'était un désir ardent que j'ai dû réprimer lorsque l'état de mon père s'est aggravé. Je savais qu'il me revenait de prendre les rênes de la société familiale.

— Ça a dû être difficile.

— Au début, oui. Après, comme pour tout, la douleur s'estompe.

— Mais elle n'a pas disparu, n'est-ce pas ? Tu m'as semblé nostalgique en regardant le tableau d'Étienne Aubuchon. Aurais-tu aimé être un aquarelliste célèbre ?

— Le succès est une question de loterie dans le monde des arts. J'avais quelque talent, mais n'ai pas eu l'occasion de le développer. Enfin, ce n'est pas grave. Peu de gens réalisent leurs rêves d'enfant.

— Il t'arrive encore de peindre pendant tes loisirs ?

Jack eut un petit sourire ironique.

— Personne ne t'a dit que les bourreaux de travail n'avaient pas de temps libre ?

— Tu en as pourtant trouvé pour être avec nous, répondit-elle en jetant un coup d'œil à Marli encore endormie dans son landau. Je ne te remercierai jamais assez d'avoir été aussi compréhensif et disponible. Ces premières semaines ont été difficiles.

Jack entrelaça les doigts de Harper aux siens, sur la table.

— Pour toi plus que pour moi, ma chérie. J'adore te regarder t'occuper de Marli. Rien ne laisse deviner que tu n'as pas eu le temps de te préparer à son arrivée. Tu es douée pour la maternité.

— Ça, je n'en sais rien...

Harper regarda leurs mains mêlées. Son diamant brillant de mille feux lui rappela la raison de la prolongation de leur séjour à Paris. Jack attendait un engagement final de sa part, qu'elle lui donne une date pour le mariage. Mais comment s'y résoudre sans avoir son amour ?

— Tu es trop dure envers toi-même.

— C'est possible.

Leur thé et la pâtisserie de Harper furent servis à cet instant, mais elle n'avait plus faim. Elle n'avait plus d'appétit que pour l'amour de Jack. Pas seulement ses talents au lit. Elle voulait l'entendre prononcer les mots qu'aucun homme ni sa mère ne lui avaient dits. Même si sa mère n'était pas du style à s'épancher verbalement, elle l'avait aimée. Ruby n'avait pas reçu cette assurance de la sienne. En revanche, elle avait conquis le cœur de Lucas Rothwell. Son amour pour sa fiancée était évident. Il brillait dans ses yeux, imprégnait l'atmosphère lorsqu'ils étaient ensemble.

Harper voulait la même chose de Jack, mais ce rêve était-il à sa portée ou inatteignable ?

Au cours de la nuit, Jack ouvrit les paupières et ne vit pas Harper à côté de lui. Son cœur eut un temps d'arrêt. Il réalisa alors qu'elle devait être allée nourrir Marli. Mais sa panique de quelques secondes lui avait donné l'impression de revivre le moment où, bien des mois auparavant, il s'était réveillé seul avec pour unique trace de la présence de Harper dans son lit, la marque de sa tête sur le second oreiller. Repoussant la couette, il quitta la chambre et trouva la jeune femme dans le salon, en train de bercer Marli dans son couffin.

— Je suis désolé de ne pas l'avoir entendue pleurer, dit-il à voix basse pour ne pas tirer sa fille du sommeil.

— Ce n'est pas grave. Tu étais épuisé.

— Oui. Je n'imaginais pas que jouer les touristes pouvait être si fatigant.

Harper se releva et posa une main sur le torse nu de Jack. Cela lui fit l'effet d'une décharge électrique se diffusant à la vitesse de l'éclair à travers tout son corps.

— Est-ce dû au tourisme ou au fait de faire l'amour jusqu'à l'aube ?

Il frissonna au souvenir des heures de passion partagée. Une passion qui, loin de s'atténuer, était là, chaque jour plus forte, stupéfiante. Même répondre aux nombreux besoins de leur bébé ne diminuait pas leur désir l'un de l'autre. Cela n'était-il pas la preuve qu'ils avaient l'ingrédient nécessaire à la réussite de leur mariage ?

Plaçant les mains sur les hanches de Harper, il l'attira à lui.

— Je ne me lasse jamais de faire l'amour avec toi.

Harper se pressa contre lui et lui enroula les bras autour du cou.

— Quelle est la plus longue période pendant laquelle tu as fait l'amour à la même femme ?

Elle avait posé la question avec désinvolture, mais il décela un intérêt plus profond.

— Deux semaines. C'était il y a bien des années.

— Pourquoi si longtemps ? demanda-t-elle, sourcils haussés.

Son humour pince-sans-rire n'amusa pas Jack. En fait, il lui fit réaliser qu'il ne s'était jamais aventuré hors des eaux superficielles des relations de courte durée jusqu'au moment où il avait rencontré Harper. À présent, il s'était engagé si loin qu'il avait perdu pied. Mais il n'allait pas fuir sa petite fille à la nage. Ni abandonner Harper.

— J'ai eu une liaison avec une Américaine à New York. J'ignorais qu'elle était mariée. Elle s'était bien gardée de me le dire. Avec le recul, je ne suis pas fier de m'être montré si peu curieux.

— Tu étais amoureux d'elle ?

— Non, mais son manque d'honnêteté me reste sur le cœur.

— Donc, tu dis toujours à la vérité et tu en attends autant en retour ?

— Je m'autorise parfois un petit mensonge pour éviter de blesser inutilement mais, mis à part ceci, je m'efforce d'être sincère. Je ne fais pas de promesses que je ne peux pas tenir ni ne dis ce que je ne pense pas.

Il ne vit pas le petit sourire de Harper.

— C'est bon à savoir. Je détesterais te voir afficher des sentiments que tu n'éprouves pas.

Jack lui prit le visage entre les mains et approcha la bouche de la sienne.

— Ce que je ressens en ce moment est presque indescriptible.

— Mais tu ne m'aimes pas.

Son ton résigné tirailla la conscience de Jack. Il laissa

retomber ses bras. Harper recula d'un pas, petit, mais suffisant pour donner l'impression d'un soudain gouffre entre eux. Comment le combler sans se compromettre, sans s'engager jusqu'à un point de non-retour ?

— Je tiens à toi, Harper. Tu le sais. C'est tout ce que je peux t'offrir. Mon affection, mon soutien et la sécurité. Tu ne manqueras de rien dans la vie. Je m'en assurerai.

Comme les yeux de sa compagne s'embuaient, il sentit sa poitrine se serrer. Puis elle lança un avertissement qu'il n'était pas prêt à entendre.

— Oui, tu me donneras tout, sauf ce que je désire le plus. Ce que j'ai voulu toute ma vie et n'ai jamais eu.

Jack recula, déterminé à rester calme, mais cela lui demanda plus de sang-froid qu'il l'imaginait. La peur lui agrippait le ventre. Une peur dévorante que Harper refuse son plan pour leur avenir. Comment la convaincre d'accepter ? Il lui avait offert tout ce qu'il était capable de donner.

Se passant une main sur le visage, il lâcha un soupir tremblant.

— Je ne veux pas te mentir.

— Ce n'est pas à moi que tu mens, Jack, c'est à toi-même. Tu peux aimer, et profondément. C'est évident en te voyant avec Marli. Mais tu ne veux pas sortir de ta zone de confort avec moi. Je l'ai compris. Dans ton milieu, personne ne me considérerait comme un trophée. Or, je veux être aimée et je ne peux pas t'épouser toi ou quiconque sans avoir la certitude de l'être.

— Cesse de te déprécier de la sorte, s'il te plaît, répondit-il, combattant sa peur. Tu es la partenaire idéale pour un homme.

— Mais tu ne veux pas une partenaire. Tu veux une mère pour ton bébé et une amante dans ton lit. Deux rôles compatibles, au demeurant. En revanche, tu ne veux pas d'une âme sœur, d'une femme avec qui tout partager. Avec qui être totalement toi-même. La personne que tu pourrais être si tu te l'autorisais.

— Tu me perds avec ton jargon de psy. Je suis moi-même. J'ai été honnête avec toi depuis le début.

— Oui et, maintenant, c'est moi qui le suis avec toi.

Harper retira alors la bague de fiançailles de son doigt et la lui présenta dans sa main.

— Je ne peux pas t'épouser. Je suis désolée, Jack.

La lueur douce mais déterminée dans les yeux de Harper toucha en lui une corde sensible. Elle était la seule femme qui le rejetait, et ça faisait mal. La douleur traversa son corps, tel un missile cherchant les points les plus vulnérables, si bien cachés aux autres.

Il ignora la bague dans la paume de Harper.

— As-tu besoin de plus de temps ? Nous avons passé à peine plus d'un mois ensemble, la plupart du temps consacré à Marli puis à ton shooting photographique.

— Combien devrais-je en perdre encore avant que tu acceptes de ressentir ce que tu as décidé de ne pas ressentir ? Des semaines ? Des mois ? Des années ? Je veux vivre un conte de fées, Jack. J'ignorais le vouloir avant... de t'avoir rencontré.

— Tu as pourtant refusé de me revoir.

Harper soupira, puis posa la bague de fiançailles sur la table basse.

— Tu n'es pas le seul à te mentir à toi-même. Je m'étais persuadée d'éprouver de l'antipathie pour toi quand, en fait, c'était l'opposé. Tu menaçais de me distraire de mes objectifs, et ça me terrifiait. C'est probablement la raison pour laquelle je n'ai pas remarqué ma grossesse, même si de légers symptômes étaient là. Je ne pouvais tout simplement pas l'envisager.

La poitrine de Jack était à présent serrée au point de presque l'empêcher de respirer. Il ne voulait pas blesser Harper, mais lui promettre ce qu'il était incapable de lui offrir n'en serait que plus douloureux à long terme.

— Es-tu en train de dire que tu m'aimes ?

Elle soutint le regard de Jack.

— Tu ne veux pas l'entendre, ni de moi ni d'une autre, je le sais. Pourtant, c'est vrai. Je t'aime. Je n'avais pas l'intention de tomber amoureuse, mais c'est arrivé. Or, je ne peux pas vivre avec toi si tu n'éprouves pas le même sentiment. Ma mère s'est détruite à petit feu à cause d'un homme qui ne l'aimait pas. Elle en est morte.

Jack ignorait comment réagir à cette déclaration. À ses yeux, l'amour était une sorte de maladie contagieuse, une menace létale. Il s'en protégeait à l'aide d'une armure impénétrable. Malgré ce repoussoir à émotions jusque-là efficace, il ressentait une douleur atroce. Harper n'allait pas l'épouser, elle n'allait pas vivre ni élever Marli avec lui au sein de la famille qu'il avait envisagé de fonder.

— Donc, c'est ta décision finale ?

Son ton ne trahissait rien de ce qu'il éprouvait. Peur, désespoir, une vague colère, mais aussi un sentiment indéfini qui rôdait, tapi aux confins de son âme.

— Oui, Jack, c'est ma décision finale. Demain, à notre retour à Londres, je me réinstallerai dans mon appartement, le temps d'en trouver un plus approprié.

Il déglutit avec difficulté.

— La maison que j'ai achetée va bientôt être disponible. Les travaux sont presque terminés.

Harper eut un petit sourire triste.

— C'est très généreux de ta part, mais je trouverai un logement moi-même.

Elle marqua une pause avant de poursuivre.

— Je trouve étrange que tu puisses t'engager à acheter une maison et à mener une vie de famille, mais pas à éprouver de sentiments. Comment cela se fait-il ?

Jack savait ce qui l'en empêchait. Il n'en avait jamais parlé à personne. C'était trop personnel. Trop douloureux. Cependant, après avoir partagé avec Harper son rêve brisé de devenir un artiste, pourquoi ne pas lui confier cela aussi ?

— Tu n'aimes pas beaucoup ma mère, j'en suis conscient, mais elle a un grand cœur. Elle aimait profondément mon père, elle lui a consacré sa vie, dans les jours heureux comme, plus tard, dans la maladie. Elle a renoncé à ses propres aspirations pour rester à ses côtés jusqu'au bout. Malgré cela, je crains qu'il ne l'ait pas appréciée à sa juste valeur.

— Mais il l'aimait, n'est-ce pas ? Ou l'a-t-il épousée par convenance ou pour une question de commodité ainsi que tu comptais le faire avec moi ?

Jack ne fut pas à l'aise d'être comparé à son père. En particulier depuis qu'il en était un lui-même.

— J'ignore s'il l'aimait autant qu'elle l'aimait. Leur relation m'a toujours paru un peu déséquilibrée. Il n'était pas très démonstratif. Je ne me souviens pas l'avoir entendu le lui dire. Il l'a cependant peut-être fait en privé.

— Te disait-il qu'il t'aimait ?

— Non, mais je ne sentais pas un manque d'amour ou, du moins, pendant mes premières années. Une fois que sa maladie s'est déclarée, être dans ses parages est devenu difficile. Maman était la seule à pouvoir gérer les humeurs de mon père.

Jack, lui, n'avait même pas essayé. Il avait peut-être raté l'occasion de bâtir une relation avec son père, mais il était trop tard à présent. Bien trop tard. Il était en train d'en construire une avec sa fille, et l'idée d'être séparé d'elle le rendait malade. Il n'avait jamais prévu d'être père ; or il l'était et ne voulait pas en être un à mi-temps, ce qui allait lui arriver puisque Harper ne souhaitait pas l'épouser.

— Quand verrai-je Marli ?

— Quand tu voudras. Je ne t'en empêcherai pas. Je vais chercher un moyen de garde de jour pour elle, car je dois reprendre mon travail tôt ou tard.

— Je peux la garder quatre jours par semaine, ou trois si tu préfères, et ma mère sera heureuse d'aider aussi.

Au moment où les mots quittaient sa bouche, Jack eut peine à se reconnaître. Où était l'homme qui prenait rarement un week-end et travaillait plus de douze heures par jour ?

— J'y réfléchirai.

Un long silence suivit sa réponse, après lequel elle déclara :

— Bien sûr et, cela va sans dire, je ne partagerai plus ton lit à partir d'aujourd'hui. Il fait presque jour, d'ailleurs.

Jack eut l'impression de recevoir un coup de poing en pleine poitrine. C'en était donc fini de leurs ébats passionnés. Il ne sentirait plus le corps de Harper contre le sien. Elle tirait un trait sur leur relation. Il ne pourrait plus lui faire l'amour. Ou, du moins, sans se résoudre à faire ce qu'il s'était promis de ne jamais faire.

— Cette... décision me semble bien soudaine, dit-il sans parvenir à dissimuler son amertume. Ou bien l'avais-tu déjà prise, mais as-tu préféré profiter de quelques jours supplémentaires à Paris ?

Une lueur dure anima le regard de Harper.

— Prolonger notre séjour était ton idée. Pour quelle raison ? Je l'ignore. Pensais-tu me convaincre de t'épouser en me charmant ?

— Si c'était le cas, ça n'a visiblement pas marché.

Elle poussa un profond soupir.

— Je ne veux pas d'animosité entre nous, Jack. Notre fille doit être notre priorité. Pour cela, nous devons nous entendre.

« S'entendre » ! Il ne voulait pas d'une simple entente amicale. Il *la* voulait. Mais comment y arriver sans prétendre éprouver des sentiments pour elle ?

Jack marcha jusqu'à la fenêtre. Pour la première fois, la vue somptueuse sur la Seine et la tour Eiffel le laissa de marbre. Sa rupture avec Harper avait terni à jamais Paris, la ville de l'amour.

— Jack ?

Il se retourna, une expression impénétrable plaquée sur le visage.

— Ne nous éternisons pas sur le sujet. Tu as pris ta décision, je l'ai acceptée.

Pas vraiment, mais il s'efforcerait de le faire. Il n'avait pas l'intention de la supplier de rester. Il avait déjà agi d'une manière inhabituelle en lui courant après, puis en la rejoignant sur un simple appel téléphonique.

— Je voulais te remercier à nouveau pour ton soutien. Peu d'hommes auraient accepté si facilement l'arrivée inopinée d'un bébé dans leur vie. Tu es un père merveilleux. Je ne veux pas que notre histoire perturbe ta relation avec Marli.

Jack alla se pencher sur le couffin dans lequel sa fille dormait encore profondément. Il caressa sa petite joue à la peau de pêche, et son cœur se serra à l'idée de ne plus la voir chaque jour. La séparation allait être insupportable.

Comment avait-il pu passer de play-boy à père dévoué d'une seconde à l'autre ? Cela restait un mystère. En revanche, il était certain d'une chose. Il ne reprendrait pas son ancien style de vie. Il ne serait plus celui qui, libre comme l'air, accumulait les maîtresses. La seule femme qu'il désirait était Harper, mais il ne pouvait pas l'avoir. Il était donc coincé entre deux mondes. Mais à l'inverse du fleuve aux reflets argentés qui serpentait à travers Paris en contrebas, aucun pont ne reliait les rives de ces deux mondes.

Aucun moyen sécurisé pour traverser.

11

Harper trouva tristement approprié que Marli pleure pendant tout le vol de retour. Sa petite fille versait les larmes auxquelles elle-même refusait de laisser libre cours. Du moins devant Jack. Elle lui avait dénudé son âme sans obtenir le résultat escompté.

Il resta silencieux, à part pour apaiser Marli et faire les cent pas dans l'avion avec elle. Harper apprécia son intervention car, les minutes passant, il lui devenait difficile de supporter ces cris quand son propre cœur était brisé.

Jack s'étant arrangé avec le personnel de l'hôtel pour faire déménager chez elle toutes les affaires de Marli, ils rejoignirent directement son appartement. Il avait même fait livrer de la nourriture afin de lui éviter de porter des paquets. Un exemple supplémentaire de son pouvoir et de son efficacité. Il faisait en une demi-journée ce qui prenait des jours à d'autres.

Il était furieux de la décision de Harper, c'était perceptible même s'il le dissimulait sous un masque de prévenance, quoique froide, politesse d'homme bien élevé. Son expression était toutefois maussade, sa bouche serrée, et ses yeux avaient perdu leur éclat. Sa fierté masculine était blessée, mais il devrait s'y faire car, bien qu'il soit habitué à obtenir ce qu'il voulait, Harper n'accepterait pas un mariage sans amour. Ce serait renoncer à son rêve d'être aimée.

À ce point, il incombait à Harper de penser à elle en premier afin d'assurer le bonheur de Marli. Comment devenir la mère qu'elle souhaitait être si sa relation avec le père de sa fille ne la comblait pas ? Elles méritaient mieux. Jack aussi... Comment pourrait-il devenir l'homme qu'il avait le potentiel d'être si elle acceptait une liaison dépourvue de sentiments ?

Une fois Marli – enfin assoupie – installée dans la chambre, Harper regarda Jack observer l'appartement d'un œil critique. Il lui sembla que les craquelures de la peinture s'étaient agrandies, que l'évier gouttait plus fort, que la moquette était plus élimée. Mais vivre dans le luxe pendant quelques semaines faussait peut-être sa perception, et tout cela était pareil avant son accouchement. Elle passait la plupart de son temps à travailler, au bureau ou sur les sites, ne rentrait que le soir pour dormir et n'avait donc jamais pris la peine de rafraîchir son logis.

— Je sais ce que tu penses, dit-elle en se mordant la lèvre.

Jack délaissa son inspection pour rétorquer d'un ton acéré et le regard glacial :

— Tu n'as pas la moindre fichue idée de ce que je pense !

Elle releva le menton.

— Inutile d'entamer une guerre ouverte. Nous devons être amis.

Un rictus amer dansa sur les lèvres de Jack. La colère éclata dans ses yeux bleus.

— Tu veux qu'on s'embrasse sur la joue ou qu'on se

serre la main quand nous nous rencontrons ? Tu trouves ça sérieux après ce qu'on a vécu ensemble ?

Une bouffée de chaleur monta aux joues de Harper. Son attirance pour lui était toujours quasi magnétique. Hélas, elle devait y résister, étouffer son désir. Elle ne voulait pas être sa maîtresse attitrée, mais l'amour de sa vie.

— Nous n'avons pas besoin de nous embrasser, seulement de faire preuve de politesse, surtout devant Marli.

Jack se passa les mains dans les cheveux.

— Je ne peux pas te voir sans...

Sa phrase s'acheva sur un juron marmonné entre ses lèvres serrées.

— Sans quoi ?

Comme leurs regards se croisaient, un courant d'électricité fit grésiller l'atmosphère, touchant Harper au cœur de sa féminité.

— Tu sais très bien quoi.

La voix de Jack, profonde et soudain rauque, faillit lui faire perdre la maîtrise d'elle-même, mais la maternité l'avait rendue plus forte. Elle avait pris une décision et s'y tiendrait. Il n'y avait plus de retour possible.

— Je suis navrée, Jack, cela n'arrivera pas. Je ne regrette pas notre temps ensemble parce que nous avons Marli, mais je regretterais de poursuivre une relation fondée sur le désir et non l'amour.

Il lui lança un sourire cynique qu'elle ne remarqua pas. Les si beaux yeux bleu saphir de Jack étaient durs comme des diamants.

— Je file, maintenant. Appelle-moi si tu as besoin de quelque chose. Nous mettrons au point un calendrier de visites une fois mon emploi du temps organisé. Cela me prendra un jour ou deux.

— Ce n'est pas un problème. Prends le temps nécessaire.

Jack alla se pencher sur Marli, toujours endormie, lui embrassa les cheveux et murmura :

— Dors bien, mon trésor.

La poitrine de Harper se serra tandis que l'émotion lui comprimait le cœur. Il portait un tel amour à sa fille. Pourquoi ne pouvait-il pas l'aimer, *elle* ?

Le soir même, Aerin et Ruby, toutes les deux informées de la situation avec Jack par message, apportèrent des plats préparés à Harper et des cadeaux pour Marli. Harper apprécia leur soutien quand elle n'avait aucun parent pour lui en procurer. Ce d'autant plus qu'elle était consciente de la surcharge de travail que leur avait imposé sa grossesse cryptique. Le mariage de Ruby était dans quelques semaines, et elle ne laisserait à personne d'autre le soin de faire les photos. Mais comment soulager ses amies tout en étant une bonne mère ? Concilier les deux lui paraissait mission impossible. Pourtant, elle allait devoir y arriver.

La porte à peine passée, Aerin serra Harper dans ses bras.

— Je suis désolée que ça n'ait pas marché entre Jack et toi. Tu dois être anéantie.

— C'est peu de le dire, mais je dois me montrer forte. Je dois prendre en compte le bien-être de Marli, désormais. Je ne peux donc pas me contenter d'une relation sans amour.

— Tu lui as dit que tu l'aimais ? demanda Ruby.

— Oui. Je me suis retenue longtemps, car je me souvenais que tu avais refusé de le faire avec Lucas quand tu as rompu avec lui et je t'avais donné raison, mais j'ai fini par changer d'avis. Je devais le lui dire. C'était le seul moyen d'aller de l'avant.

Ruby hocha la tête, l'air pensif, avant de poser une nouvelle question :

— Tu es certaine qu'il ne t'aime pas ? Lucas m'a rejetée aussi, sur le moment. Un peu de temps seul lui a permis de résoudre ses problèmes. Jack en a peut-être besoin aussi.

— Va t'en savoir. Quoi qu'il en soit, je ne veux pas gâcher ma vie à attendre qu'il tombe amoureux de moi. Il aime Marli, mais refuse l'idée d'amour romantique.

— Dans ce cas, tu as bien fait de le quitter, dit Aerin. Je ne voudrais pas vivre avec un homme qui ne m'aime pas, qui ne soit pas mon parfait partenaire.

Les lèvres de Harper esquissèrent un pauvre sourire.

— Jack n'est pas parfait, mais il s'en faut de peu. Il a remarquablement embrassé son rôle de père.

— Il dit à Marli qu'il l'aime ? demanda Ruby.

Harper fronça les sourcils tout en réfléchissant.

— Je ne l'ai pas entendu prononcer ces mots exacts, mais il suffit de le voir avec elle pour en être convaincu. Tenez, je vais vous montrer des photos d'eux ensemble.

Elle sortit son appareil et fit défiler rapidement les clichés jusqu'à ceux pris au jardin du Luxembourg. À leur vue, une bouffée de tristesse menaça de la submerger. Jack était un père si aimant. Pourquoi ne pouvait-il pas être aussi un mari aimant ?

— En effet, ça saute aux yeux ! s'exclama Aerin. Il a l'air totalement épris.

— Absolument, renchérit Ruby, l'air songeur.

Harper rangea son appareil et ferma le zip du sac avec détermination. Si seulement elle pouvait enfermer ses sentiments avec autant de simplicité...

Loin des yeux, loin de l'esprit, hors de portée.

Plus facile à penser qu'à faire.

Jack avait prévu de prendre quelques jours de congé afin de passer du temps avec Marli, mais un problème venait de surgir dans son hôtel de Bruxelles, et personne ne pouvait aller sur place à si brève échéance. Voyager chaque semaine ne l'avait jamais gêné jusque-là. Au contraire. Changer de paysage était toujours un plaisir, en particulier celui d'une nouvelle aventure passagère en perspective. Désormais, l'idée de coucher avec une autre que Harper le rendait malade. Il n'imaginait pas éprouver de désir pour une autre femme. La paternité l'aurait-elle transformé à ce point ?

Ou bien était-ce Harper ?

Sa suite à Londres ne lui avait jamais paru aussi impersonnelle. Il était presque heureux de devoir la quitter pour un temps. Hélas, le retour était inéluctable. Il serait alors bien obligé de retrouver le vide de son *penthouse*. Il en appréciait le luxe et la vue, ainsi que les services accompagnant la vie dans son propre hôtel, mais que n'aurait-il pas donné pour entendre, la nuit, le léger son de la respiration de sa fille. Même une inconsolable crise de larmes et de hurlements comme celle du vol Paris-Londres aurait été la bienvenue.

Son personnel avait suivi ses instructions à la lettre. Toutes les affaires de Harper et Marli avaient été enlevées. Rien ne restait qui puisse lui rappeler combien son existence avait changé.

Le téléphone de Jack sonna au moment où il fermait son sac de voyage. Sa mère. Or il ne lui avait pas encore annoncé sa séparation. En parler était trop douloureux. Il devrait cependant s'y résoudre...

— Je n'ai pas beaucoup de temps, maman. Je dois filer à l'aéroport. Nous avons un problème à l'hôtel de Bruxelles. Que se passe-t-il ?

— Rien, mon chéri, je me demandais si je pourrais venir voir Marli.

— Tu devras poser la question à Harper.

— Tu peux me la passer ?

Sa gorge se serra.

— Elle est rentrée dans son appartement.

— Ah bon, pourquoi ?

— Elle ne veut pas m'épouser.

— Cette fille a perdu la tête pour refuser une demande en mariage de toi !

L'indignation de sa mère l'aurait amusé en temps ordinaire, mais il n'avait pas le cœur à rire. De toute manière, elle poursuivait déjà :

— Tu veux que je lui parle ?

— Je ne pense pas que ce soit une bonne idée.

— Elle ne va pas me faire des difficultés pour voir ma petite-fille, j'espère ?

L'inquiétude de Liz trahissait sa détresse. Jack ressentait la même, mais ce n'était pas uniquement Marli qu'il voulait voir. C'était aussi Harper.

— Non, je ne pense pas. Elle veut le meilleur pour notre fille.

— Pourquoi ne t'épouse-t-elle pas, dans ce cas ?

— Car elle voudrait que je l'aime ; or, je ne peux pas.

Un court silence tomba entre eux. Inhabituel de la part de sa mère qui avait toujours quelque chose à dire.

— Tu ne peux pas ou tu ne veux pas ?

— Je ne suis jamais tombé amoureux et je n'ai pas

l'intention de commencer. L'amour est un jeu de dupes, il finit toujours par blesser.

— Et tu souffres, là, maintenant ?

— Pas spécialement.

Un mensonge nécessaire afin de ne pas inquiéter sa mère ou la pousser à intervenir, ce qui n'aurait fait qu'empirer la situation.

— Écoute, Jack... Tu as eu des rapports difficiles avec ton père, mais il était bon et aimait sa famille. Tu ne te souviens probablement pas des jours heureux, car tu étais trop petit. Il a changé du jour au lendemain à l'annonce de son diagnostic. L'idée de perdre peu à peu ses moyens l'a terrifié, et il s'est renfermé sur lui-même. Je n'ai, hélas, jamais retrouvé l'homme dont j'étais tombée amoureuse. J'ai toutefois gardé espoir jusqu'à son dernier souffle. Ne perds jamais l'espoir.

Leur conversation s'acheva sur ces paroles, laissant Jack perplexe. Sa mère avait renoncé à sa carrière et aux plus belles années de sa vie pour s'occuper d'un homme grincheux et exigeant qu'elle avait aimé, sans jamais se plaindre ou laisser paraître quoi que ce soit.

Cela confirmait son opinion. Tomber amoureux était source de douleur.

Or, en cette période, Jack pouvait se passer de souffrir davantage.

Assise devant son ordinateur dans le bureau de l'agence, Harper retouchait les photos prises à Paris sans parvenir à se concentrer, car Marli s'agitait dans son landau au lieu de dormir après avoir été nourrie et changée. C'était cela, le conflit des femmes actives. Concilier les demandes incessantes d'un bébé et l'obligation de remettre un travail dans les délais. Pour ne rien arranger, Jack était retenu à Bruxelles depuis une semaine. Lors de leurs régulières conversations téléphoniques, il était poli, mais distant. En revanche, le soir où elle avait passé l'appel en vidéo pour lui permettre de voir Marli, son visage s'était illuminé, lui remémorant pourquoi elle était tombée amoureuse. Qui aurait pu résister à ce sourire ravageur, ce regard bleu saphir et cette voix si sensuelle ?

Bloquer ces réminiscences était impératif ! Il avait d'ailleurs déjà dû trouver une maîtresse. Ou plus d'une. À cette pensée, Harper sentit son estomac se contracter. La jalousie lui provoquait la nausée.

Un cri de Marli s'éleva du landau. De toute évidence, elle n'était pas prête à dormir de sitôt.

— Je peux t'aider ? demanda Aerin en s'encadrant dans la porte. Cette petite puce a besoin d'un câlin de sa tante, dirait-on.

Harper s'étira.

— Ce serait génial, si ça ne t'ennuie pas. J'ai besoin de me concentrer sur ces photos.

Son amie prit Marli dans ses bras.

— Rien ne me fait plus plaisir, répondit-elle avant d'ajouter d'une voix chantante : qui est la plus belle petite fille de Londres ?

Marli agita ses petites mains en l'air. Aerin en captura une, puis en embrassa chacun des doigts.

— Je suis tellement impatiente d'avoir des enfants. Excuse-moi de passer du coq à l'âne, mais je dois discuter d'un point avec toi. Tu as quelques minutes à me consacrer ?

Harper repoussa sa chaise. De toute manière, elle avait perdu son enthousiasme initial pour son projet.

Plus exactement, son enthousiasme en général depuis sa rupture avec Jack.

— Bien sûr. Que se passe-t-il ?

Aerin s'assit, berçant Marli contre sa poitrine.

— Je t'ai parlé de nos réunions annuelles d'anciennes élèves chaque année avant Noël. Eh bien, une des filles déménage en Australie, ce qui nous oblige à en avancer la date au mois prochain.

— Quel est le problème ?

— Je suis la dernière de notre promotion à être ni mariée ni en couple. Je ne supporte plus leurs questions sur un éventuel petit ami et leurs regards compatissants. J'ai l'impression d'être une paria. Je suis encore célibataire à bientôt trente ans, tu te rends compte ? Tu n'imagines pas combien ça m'angoisse d'y aller.

— À quoi bon te torturer ? N'y va pas.

— C'est impossible. Nous nous sommes juré de ne jamais manquer une rencontre.

— Dans ce cas, trouve-toi vite un partenaire.

Aerin regarda Marli en train de s'endormir dans ses bras et soupira.

— Oui…

— Tu as quelqu'un en tête ?

Harper regretta aussitôt sa question. Son amie avait une liste des huit points indispensables chez son partenaire idéal. À sa connaissance, un homme aussi parfait n'existait pas.

— Non.

— Alors, comment vas-tu faire ? Tu as le choix entre payer un escort ou demander l'aide d'un ami. Je n'en vois pas d'autres.

— Tu veux dire convaincre un homme de prétendre être mon petit ami ?

— Oui, c'est l'affaire d'une soirée, et tes copines cesseront de te parler de ton célibat. Tu en connais sûrement un qui ferait ça pour toi, non ? Pourquoi pas l'ami de ton frère, le séduisant avocat, Drake Cawthorn ?

Son amie s'empourpra.

— Je ne pourrais jamais lui demander ça !

— Dans ce cas, vas-y seule et prépare-toi à affronter les violons.

Aerin tiqua, comme si cette pensée l'horrifiait, et se hâta de changer de sujet.

— Tu as des nouvelles de Jack ?

— Oui, il m'appelle tous les jours.

— Et comment ça se passe entre vous ?

— Toujours pareil, lâcha Harper en un soupir.

— Ne te tracasse pas, tu as bien fait de rompre. Comment bâtir un avenir avec un homme sans amour réciproque ?

Oui, comment ?

Jack regarda les dernières photos reçues de la maison achetée avant la rupture avec Harper. Les moquettes avaient été changées, les murs repeints, et la décoratrice d'intérieur mettait la touche finale aux rideaux et autres tissus d'ameublement. Quelques aménagements restaient à faire, mais l'ensemble prenait forme. Quel dommage de ne plus en avoir besoin. Il hésita entre la vendre ou la garder afin que Marli ait un endroit où grandir moins informel qu'un appartement d'hôtel. La maison, toutefois, était immense pour un père et sa fille unique.

Un père célibataire.

Ces mots le frappèrent de plein fouet. Il avait prévu d'épouser Harper, avait imaginé qu'elle accepterait. Enfin, il n'y avait pas entièrement cru. Harper n'était pas du style à se laisser dicter ses actions, trait de caractère qu'il admirait en elle. Un parmi de nombreux autres points. Elle lui manquait affreusement. Il lui était difficile de ne pas penser souvent à elle au cours de la journée. Les nuits étaient pires. Ne pas sentir le corps de Harper à côté de lui le réveillait. Il tournait et se retournait dans son lit, en proie à de cruelles réminiscences.

L'évidence le frappait alors. Harper était partie et ne reviendrait pas.

D'une manière ou d'une autre, Jack allait devoir s'y habituer.

12

Un après-midi, la sonnette retentit alors que Harper marchait de long en large dans l'espoir d'endormir Marli. Jack ne devait pas rentrer avant la fin de la semaine. Ses associées étaient en pleine préparation d'un important mariage. Ruby avait même offert de repousser le sien afin de leur permettre de se consacrer aux autres. Leur imposer ce surcroît de travail à cause de son congé maternité l'inquiétait profondément. En plus de bouleverser sa vie, l'arrivée de Marli avait perturbé celle de ses amies.

Malgré cela, il lui était impossible de laisser sa fille entre des mains étrangères. Harper n'était d'ailleurs pas certaine de vouloir reprendre son emploi à temps plein. Elle aimait son rôle de mère. Ce n'était, hélas, pas toujours facile. Marli avait récemment souffert de coliques, et Harper n'avait pas encore trouvé une routine épanouissante. Mais voir son bébé s'éveiller de jour en jour était un réel bonheur, et son cœur fondait à chaque sourire ou gazouillis. Marli ressemblait tellement à Jack avec ses grands yeux bleus et ses cheveux noir de jais.

Elle jeta un coup d'œil à l'écran de la caméra de sécurité que Jack avait insisté pour lui faire installer. La mère de ce dernier, un panier dans chaque main, se tenait sur le palier. Il était 16 heures, et Harper n'avait pas trouvé le temps de prendre une douche tant Marli avait été grognon depuis le matin. La mort dans l'âme, elle déverrouilla la porte.

— Je ne vous dérange pas ? demanda Liz. Je sais combien cette petite puce doit vous occuper, je peux revenir à un autre moment si vous préférez.

— Non, entrez, je vous en prie. L'appartement est un peu en désordre. Marli n'a quasiment pas dormi de la journée et...

Harper se tut avant que ses émotions prennent le dessus. La dernière chose qu'elle voulait était de fondre en larmes devant la mère de Jack.

— Vous allez bien ? demanda celle-ci d'une voix dont la sollicitude menaça de faire perdre toute maîtrise à Harper. Donnez-la-moi.

Les yeux embués et le menton tremblant, elle lui tendit Marli. Liz posa ses paniers au sol, la lui prit et la berça doucement en lui caressant les cheveux.

— Ça va, je suis seulement fatiguée.

— C'est normal quand on s'occupe seule d'un nouveau-né. Le manque de sommeil n'arrange rien. Je me souviens d'avoir été en permanence épuisée, et dans un état émotionnel épouvantable, jusqu'à ce que Jack trouve son rythme.

— Était-il un bébé difficile ?

Un sourire nostalgique fleurit sur les lèvres de Liz.

— Non, pas vraiment. Le problème venait de moi. Je voulais tellement exceller dans mon rôle de mère que je me fixais des objectifs inatteignables.

Elle soupira avant de poursuivre d'un air pensif.

— Pour être franche, mon travail me manquait. Bien sûr, cela me faisait culpabiliser, car j'aurais dû aimer être mère à temps complet, comme la mienne ou ma belle-mère. Mais il n'en était rien. Je m'ennuyais et ne pouvais en parler à personne. Mes amies étaient heureuses de rester toute la journée chez elles avec leurs bébés. Moi, j'étais à deux doigts de perdre la raison.

— Je crains d'avoir le même problème, avoua Harper.

Elle venait en fait d'en prendre soudain conscience. La franchise de Liz lui avait permis de mieux comprendre ses humeurs changeantes, ses émotions à fleur de peau et ses fréquents accès de culpabilité.

— Je n'ai pas l'habitude de passer tant de temps chez moi. D'ordinaire, je prends des photos, les retouche, discute avec les clients, gère notre site web et aide mes associées. Je veux être une bonne mère, mais je veux aussi poursuivre ma carrière. Je ne sais pas comment concilier les deux.

Malgré ses efforts, sa voix s'enroua, et une boule lui obstrua la gorge.

— Ma pauvre enfant, dit Liz en lui tapotant le dos. Jack doit vous manquer, j'imagine.

Harper s'appliqua à surmonter sa détresse.

— C'est moi qui ai mis un terme à notre relation.

— Je sais et je pense que vous avez eu raison.

— Parce que vous préférez une personne plus acceptable comme future belle-fille ?

Liz soupira.

— Je mérite probablement cette réflexion. Ma réaction a été due à ma surprise d'apprendre qu'il vous épousait sans vous aimer ; or je crains d'être responsable de son refus de tomber amoureux.

— Comment pourriez-vous l'être ?

Liz coucha Marli, enfin endormie, dans son berceau et revint vers Harper.

— J'aimais profondément mon mari, nous étions heureux, puis la maladie l'a frappé, l'a transformé sous mes yeux en un homme que j'avais du mal à reconnaître. J'ai pris soin de lui pendant des années, espérant sans cesse le voir redevenir celui que j'avais aimé. En vain. Cela, je pense, a durement affecté Jack. Il a eu l'impression que je donnais trop sans jamais rien recevoir en retour. Je n'ai jamais vu la situation ainsi. J'ai continué d'aimer son père et de prendre mes vœux de mariage au sérieux. « Dans la maladie et la santé, la richesse ou la pauvreté, pour le meilleur et pour le pire jusqu'à ce que la mort nous sépare. »

Sa voix trembla sur les derniers mots, mais elle poursuivit stoïquement.

— Quand on aime quelqu'un de tout son cœur et de toute son âme, c'est pour toujours. J'ai peut-être perdu l'amour de ma vie, mais il me reste les merveilleux souvenirs des premières années. Personne ne peut m'enlever cela.

Harper ne chercha plus à dissimuler ses émotions. Les larmes se mirent à rouler sur ses joues, et Liz la prit dans ses bras, la serrant comme une mère l'aurait fait.

— Si vous aimez mon fils ainsi, alors vous êtes la partenaire idéale pour lui.

Se dégageant de son étreinte, Harper offrit à Liz un faible sourire.

— Même si je souhaite agir au mieux pour Marli, je ne peux pas épouser Jack s'il ne m'aime pas.

— Et vous ne devriez pas. Vous méritez d'être aimée. Tout le monde le mérite. J'aimerais vous dire que Jack va changer, mais je refuse de vous donner de faux espoirs, même si mon fils est bon, loyal, travailleur et a sacrifié une partie de sa vie pour son père et moi. Vous lui avez donné une magnifique petite fille. Peut-être qu'aimer Marli lui apprendra à vous ouvrir son cœur.

— Peut-être...

Liz l'étreignit de nouveau rapidement avant de dire en souriant :

— Laissez-moi vous aider. Je peux garder Marli pendant que vous travaillez. Je pourrais bien être une meilleure grand-mère que je n'ai été mère.

Harper put enfin sourire à son tour.

— Ce sera agréable pour elle de passer du temps avec vous. En plus, je me sentirai moins coupable si je peux aider mes amies en cette période si chargée. Mon accouchement les a prises au dépourvu. Comme Jack et moi, d'ailleurs.

— Bon, maintenant que cela est réglé, si vous regardiez ce que j'ai apporté. Il y a là un repas pour vous, et le vieil ours en peluche qu'avait Jack quand il était bébé. Ça ne vous ennuie pas, j'espère. Je l'ai lavé et j'ai recousu les yeux.

— Non, au contraire. Quelle charmante pensée.

Liz lui tendit la peluche.

— Une de ses oreilles est en mauvais état, notre chien Chester la lui a mâchouillée quand il n'était encore qu'un chiot turbulent. Je n'ai jamais pu me résoudre à le jeter. Je suis un peu sentimentale.

— Il n'y a aucun mal à l'être.

— Bon, eh bien... Je vais vous laisser vous reposer...

— Pourquoi ne resteriez-vous pas partager ce dîner avec moi ?

— Vous en êtes certaine ?

— Bien sûr. Et je vous serais reconnaissante de garder un œil sur Marli pendant que je prends une douche.

Le visage de Liz rayonna.

— J'en serais ravie.

En fin d'après-midi, son problème à Bruxelles enfin réglé, Jack se précipita à l'aéroport. En vain, car il apprit à l'enregistrement que le départ était retardé de deux heures. Il se maudit de n'avoir pas affrété un jet privé, mais il l'évitait chaque fois que possible afin de contribuer à préserver l'environnement. Pourtant, il détestait perdre du temps, d'autant plus qu'il était impatient de retrouver sa petite Marli.

Et Harper.

La veille, dans un magasin de jouets anciens, il avait trouvé un ours en peluche parfaitement identique à celui que Harper avait égaré dans une famille d'accueil. Il avait hésité puis, sur une impulsion, le lui avait acheté. Cela lui semblait la chose à faire, comme la maison de Londres. Elle avait eu une jeunesse si solitaire et misérable. Il avait espéré compenser les douloureux souvenirs de Harper en lui offrant de vivre avec lui, mais elle avait refusé sa demande en mariage.

Tout en déambulant dans l'aéroport, Jack croisa plusieurs familles accompagnées d'enfants. Jusque-là, il n'avait jamais prêté attention aux bébés en poussette ou sac de portage. À présent, ils attiraient son regard et lui serraient le cœur. Il y avait également de jeunes couples marchant main dans la main. Leur vue était tout aussi douloureuse. D'autres étaient plus âgés. Il en aperçut même un très vieux. L'homme tenait le bras de sa femme, s'assurant qu'elle ne trébuche pas.

La conversation avec sa mère n'avait pas cessé de le hanter. Il ne comprenait pas les sacrifices qu'elle avait accepté de faire par amour. Son travail, sa perte de liberté, le manque de reconnaissance de son mari. Ensuite, quand l'état de celui-ci s'était sérieusement détérioré, elle l'avait assisté en tout. Or, malgré cela, elle l'avait aimé jusqu'à ce qu'il meure. Et elle l'aimait encore.

Quel effet cela faisait-il d'être chéri de manière aussi

inconditionnelle ? Il devait être extraordinaire de savoir que l'on pouvait compter sur une personne, que rien ne la détournerait de l'engagement pris.

Jack regarda le vieux couple se présenter devant le portillon de sécurité. Ils se sourirent. Leurs visages étaient ridés, et leurs corps avaient perdu leur énergie d'autrefois, mais leur amour était évident. Un amour qui les accompagnerait tout au long de leurs dernières années. Et après...

Jack réalisa alors que tout amour comportait un risque. On pouvait perdre l'être chéri de vieillesse, de maladie ou suite à une tragédie. La douleur de la perte était inévitable, à moins de ne pas aimer en premier lieu. Dans ce cas-là, on menait une vie...

La sienne.

Les mots s'imposèrent à lui, tenaces. Il avait refusé d'éprouver ce que ressentaient les couples et ce que sa mère ressentait pour son père.

Il avait refusé sa vraie nature, l'avait enfermée pour rester en sécurité. L'arrivée de Harper avait tout changé. Dès leur première nuit ensemble, il s'était passé quelque chose en lui qu'il avait nié jusqu'à cet instant.

Il était amoureux d'elle.

Éperdument amoureux pour la première fois de sa vie. Sa terreur avait été telle qu'il avait refoulé ce sentiment pour ne pas avoir à lui faire face. Harper avait eu le courage de lui avouer son amour, il n'avait pas pu lui en dire autant. Il n'avait jamais dit ces mots à quiconque. Ni à son père ni à sa mère. Et, à sa grande honte, même pas à son adorable Marli. Quel homme faisait cela ?

Un homme terrifié par la peur d'être blessé.

Mais cela allait changer.

Si seulement ce fichu avion voulait bien arriver !

Dans son salon, Harper peaufinait le texte d'une annonce pour une assistante ménagère avant d'aller se coucher. Lors de leur premier dîner ensemble, Liz Livingstone lui avait suggéré de se faire aider, et elle avait fini par accepter. Selon la mère de Jack, c'était une question d'équilibre de vie. Déléguer pour être plus efficace. Ainsi, Liz pourrait se consacrer entièrement à Marli, et Harper, de son côté, trouverait une maison propre et rangée à son retour d'une journée de travail.

Harper appréciait sa récente amitié avec cette femme si forte et généreuse. Et pas uniquement parce que Liz lui parlait de la jeunesse de Jack. Elle était devenue un modèle maternel à ses yeux. La mère de Jack était chaleureuse à son égard et l'encourageait. En plus, elle adorait sa petite-fille tout autant que son rôle de grand-mère. Par ailleurs, Marli qui aimait bien les attentions de sa mamie, avait subitement cessé d'être grognon. En conséquence, Harper parvenait enfin à se décontracter avec sa fille. Le simple fait de ne plus se sentir obligée de tout faire à la perfection lui permettait de savourer les joies de l'instant.

La sonnette de la porte d'entrée tinta au moment où, après avoir mis son annonce en ligne, Harper s'apprêtait à aller au lit. À la découverte de Jack sur l'écran de la caméra de sécurité, son cœur bondit dans sa poitrine, son pouls s'emballa et l'espoir naquit, pour retomber aussitôt. Non, ce n'était pas elle qu'il venait voir, mais son bébé. Pour preuve, il portait un sac siglé du nom d'un magasin de jouets.

Elle ouvrit et recula d'un pas. C'était le seul moyen de contenir son envie de se jeter dans ses bras.

— Bonsoir, Jack. Tu arrives bien tard. Marli est encore

dans son premier sommeil. N'aurais-tu pas pu attendre demain pour la voir ?

Harper n'était pas fière de se montrer si sèche, mais elle ne voulait pas paraître heureuse de le voir. Mieux valait qu'il l'imagine guérie de lui. Après presque quinze jours, il était plausible de croire son amour flétri par manque d'encouragement.

Jack franchit le seuil et referma la porte derrière lui.

— Non, je ne pouvais pas attendre. Je devais te voir au plus vite.

— Moi ? Pourquoi ? Qu'est-il arrivé ?

Un léger sourire releva les coins de la bouche de Jack tandis que la lueur qu'elle adorait illuminait la profondeur bleue de ses yeux.

— Tu m'as trop manqué. Je n'arrive pas à croire qu'il m'ait fallu tant de temps pour le réaliser, mais le fait est là : je t'aime.

Ces trois petits mots planèrent quelques secondes dans l'air, car Harper se demandait s'il les avait prononcés ou s'ils étaient le produit de son imagination.

— Je te demande pardon ?

Son sourire s'élargit, il posa le sac au sol, prit les mains de Harper et l'attira à lui.

— Je suis un tel imbécile, ma chérie. Je crois être tombé amoureux de toi au mariage des Tenterbury. Tu as attiré mes yeux et capturé mon cœur. Je t'aime de tout mon être. J'ai combattu ce sentiment, je l'ai nié, mais il m'est impossible de faire cela plus longtemps. Je ne peux pas être l'homme que je veux être, celui que je suis destiné à être, sans toi à mes côtés. Veux-tu bien reconsidérer l'idée de devenir ma femme, s'il te plaît ?

Harper le fixa, soudain privée de voix. Son cœur

bondissait à un rythme si effréné dans sa poitrine qu'il menaçait d'en jaillir.

— Tu ne prétends pas être amoureux de moi pour me convaincre de t'épouser ?

— Non, mon amour. J'ai prétendu ne *pas* l'être pendant de longs mois. Je te l'ai affirmé, je l'ai affirmé à ma mère et, bien plus stupide, je me le suis affirmé. À mes yeux, aimer était trop dangereux. J'ai vu ma mère aimer mon père, lui dévouer sa vie sans apparemment rien obtenir en retour. Mais elle ne regrette rien. Elle n'a jamais cessé de l'aimer, même lorsque la maladie a fait de lui un homme très différent. Je veux aimer et être aimé de cette manière. Et c'est comme ça que je t'aime.

Lui enroulant les bras autour du cou, Harper leva le visage vers celui de Jack.

— Embrasse-moi, Jack. Convaincs-moi que ceci arrive vraiment.

Jack posa les lèvres sur celles de Harper et l'embrassa, la serrant de si près qu'elle sentit son désir. Lorsqu'ils se séparèrent, il la regarda avec tant d'amour que cela lui coupa le souffle.

— Je n'ai jamais ressenti ce que je ressens avec toi. Et cela n'a rien à voir avec l'arrivée de Marli. J'étais déjà amoureux de toi avant, c'est pourquoi je n'avais pas envie d'avoir d'aventures. Je craignais que le toucher d'une autre efface le souvenir du tien. Ce doit être pour la même raison que ma mère n'est sortie avec personne depuis le décès de mon père, j'imagine. Je veux une petite famille et vieillir avec toi. Des épreuves nous attendent certainement au fil des ans, mais nous y ferons face ensemble, et je te promets de toujours être là pour toi, quoi qu'il arrive.

— Rien ne pourrait me faire plus plaisir que d'être

ta femme et ta partenaire de vie, Jack. J'ai été assoiffée d'amour toute ma vie ; or, comme toi, j'ai prétendu ne pas en vouloir par peur, pour me protéger de la déception au cas où je ne pourrais pas l'avoir. Te rencontrer au mariage a bouleversé mon monde, non pas à cause de ma grossesse, j'ignorais alors être enceinte, mais parce que je savais que si je m'autorisais à tomber amoureuse de toi, je m'exposais sans le moindre doute à avoir le cœur brisé. Tu étais un play-boy, moi une carriériste qui ne voulait pas voir sa vie se compliquer, j'ai eu mon content de complications dans mon enfance. Mais je suis tombée amoureuse, sans pouvoir l'empêcher.

Jack reprit possession de la bouche de Harper avec une tendresse et une passion qui firent chanter le sang dans les veines de cette dernière. Se détachant ensuite des lèvres de Harper, il dit :

— Mon vol a été retardé à Bruxelles. À l'aéroport, j'ai vu des familles et des couples de tous âges, heureux. Cela m'a poussé à me demander pourquoi j'évitais l'amour. Là, j'ai réalisé qu'avant toi seul le travail remplissait ma vie. Mes relations étaient superficielles et passagères. Tu es la première personne envers qui j'ai voulu m'engager. Tu m'as ouvert le cœur, mon amour, et je ne t'en remercierai jamais assez.

Le cœur de Harper était si plein de joie qu'elle pouvait à peine parler. Elle prit le visage de Jack entre les mains et plongea les yeux dans le bleu saphir envoûtant des siens.

— Mon amour pour toi est si profond et si intense qu'il va me falloir une vie entière pour t'en montrer la totalité.

— Une vie entière me convient, dit-il en souriant.

Ramassant alors le sac posé au sol, il ajouta :

— Je t'ai acheté ceci à Bruxelles.

Harper en sortit l'ours brun en peluche.

— N'est-ce pas plutôt pour Marli ?

— Non, c'est pour toi. Pour remplacer celui que tu as perdu.

Elle prit l'ours, vit le petit remontoir doré sur son dos et lui fit faire quelques tours. La douce musique de sa berceuse préférée s'éleva alors dans le salon tandis que son cœur débordait d'amour pour l'homme qui avait réalisé ses rêves.

Jack l'enlaça à nouveau.

— Tu m'as manqué à un point tel que je suis incapable de l'exprimer. Je te cherchais partout, dans les foules, dans mes rêves et me réveillais amèrement déçu.

— Tu m'as aussi affreusement manqué.

— J'ai reçu les dernières photos de la maison de Londres. Comme moi, elle nécessite encore un peu de travail, mais elle sera bien à la fin, je pense.

— Je suis impatiente de la voir, je n'ai encore jamais vécu dans une maison. Au fait, j'ai un aveu à te faire.

— De quoi s'agit-il ?

Harper sourit.

— Je suis un peu tombée amoureuse de ta mère aussi.

— Vraiment ?

— Elle a été merveilleuse pendant ton absence. Elle va m'aider avec Marli afin de me permettre de reprendre mon travail à mi-temps. Je la lui laisse en toute confiance, car elle l'adore.

— Quelle bonne nouvelle, ma chérie. J'en suis si heureux.

— Et toi, veux-tu bien me promettre quelque chose ?

— Tout ce que tu veux.

— Promets-moi de me peindre un tableau. J'aimerais être la première à posséder une aquarelle de Jack Livingstone.

Les yeux de Jack s'illuminèrent tandis qu'un grand sourire éclairait son visage.

— Marché conclu. J'emporterai mes couleurs et mes pinceaux afin de peindre pendant notre lune de miel. Qui sait, ça pourrait être amusant ?

— Quoi ? Peindre ou la lune de miel ?

— Les deux.

Et il lui planta un baiser sur les lèvres.

À cet instant, les cris de Marli s'élevèrent.

Jack sourit en se séparant de Harper.

— J'avais presque oublié que j'avais quelque chose à dire à mon bébé.

Il saisit Harper par la main et la conduisit jusqu'au berceau où Marli pleurait, les yeux grands ouverts.

Jack la prit dans ses bras. Les sanglots de Marli cessèrent aussitôt. Elle le regarda de ses prunelles si semblables à celles de son père.

— Je t'aime, ma petite puce. Ton papa t'aime très fort.

Il sourit alors à Harper et ajouta :

— Et j'aime ta si belle maman aussi, plus encore que les mots peuvent l'exprimer.

Vous avez aimé ce roman ?
Retrouvez l'univers de Melanie Milburne
en numérique :

1. *Désirs grecs*
2. *Neuf mois plus tard*

Et découvrez le dernier volet de cette série
dès le mois de décembre dans votre collection Azur !